By the Shores of Silver Lake
银湖岸边

Laura Ingalls Wilder
［美］劳拉·英格斯·怀德 著
［美］加思·威廉姆斯 绘
高勤芳 译

Newbery Honor book　纽伯瑞儿童文学奖作品

山东文艺出版社

图书在版编目(CIP)数据

银湖岸边/(美)怀德著;(美)威廉姆斯绘;
高勤芳译.—济南:山东文艺出版社,2014.8
(国际大奖儿童小说)
ISBN 978-7-5329-4572-6

Ⅰ.①银… Ⅱ.①怀… ②威… ③高… Ⅲ.①儿童文学-长篇小说-美国-现代 Ⅳ.①I712.84

中国版本图书馆CIP数据核字(2014)第108087号

银湖岸边

[美]劳拉·英格斯·怀德 著 [美]加思·威廉姆斯 绘 高勤芳 译

主管部门	山东出版传媒股份有限公司
出版发行	山东文艺出版社
社　　址	山东省济南市英雄山路189号
邮　　编	250002
网　　址	www.sdwypress.com
读者服务	0531-82098776（总编室）
	0531-82098775（发行部）
电子邮箱	sdwy@sdpress.com.cn
印	山东德州新华印务有限责任公司
开　　本	890mm×1240mm　1/32
印　　张	7
字　　数	168千字
版　　次	2014年8月第1版
印　　次	2014年8月第1次印刷
书　　号	ISBN 978-7-5329-4572-6
定　　价	19.00元

版权专有，侵权必究。如有图书质量问题，请与出版社联系调换。

目 录

- 001　意外来客
- 006　长大成人
- 011　火车之旅
- 020　铁路的尽头
- 026　铁路营地
- 032　黑色小骏马
- 041　向西部进发
- 051　银湖
- 058　盗马贼
- 065　美妙的下午
- 077　发工资的日子
- 087　银湖上的野鸟

091	离开营地
100	测量队的房子
107	最后一个人离开了
114	冬日
118	银湖边的狼
123	爸爸找到了宅地
127	圣诞节前夕
134	平安夜来客
139	快乐的圣诞节
149	欢乐的冬日时光
159	朝圣之路
167	汹涌的人潮
173	爸爸打赌
178	建设热潮
183	镇上的生活
192	搬家
198	宅地上的小棚屋
206	紫罗兰盛开的地方
211	蚊子
213	暮色降临

意外来客

一天清晨,劳拉正在洗碟子,趴在台阶上晒太阳的杰克突然嗷嗷直叫。一定是有人来了。劳拉朝外一望,看见一辆轻便马车碾过铺满了碎石的浅河滩朝家里驶来。

"妈妈,"劳拉说,"来了一个陌生女人。"

妈妈叹了口气。家里凌乱不堪,她觉得有些羞愧。劳拉也是。但是妈妈身体虚弱,劳拉也累得慌,而且她们心情低落,所以顾不上收拾屋子。

玛丽、卡莉、格蕾丝和妈妈都染上了猩红热。梅溪对岸的尼尔森家也得了这种病,所以没人能帮爸爸和劳拉。医生天天来问诊,爸爸发愁怎么才能付清医药费。最糟糕的是,玛丽的眼睛感染了病菌,看不见了。

最近她好了许多,已经能裹着被子坐在妈妈的那把山胡桃木摇椅里了。她病了很久,起初的几个星期里,她还能看见一些东西。但是一天天过去,她的视力越来越弱,可是她没有为此掉一滴眼泪。如今即使是最强烈的阳光,她也看不见了,但她还像以前那样耐心、那样勇敢。

她的一头漂亮的金发也不见了。爸爸在她发烧时剃掉了她的长发。她顶着光秃秃的脑袋真像一个男孩。但是她那双蓝色眼睛依然和以前一样漂亮,只是它们再也看不到眼前的东西,玛丽也再不能像以前那样，用蓝眼睛向劳拉述说她的心思了。

"一大早会是谁呢？"玛丽一边问一边侧耳倾听马车声。

"是一个不认识的女人，马车上就她一个人。她戴一顶棕色的太阳帽，拉车的是一匹栗色的马。"劳拉一五一十地回答。爸爸说从今往后劳拉就是玛丽的眼睛，看见什么就要讲给玛丽听。

"我们午餐吃什么呢？"妈妈问。妈妈想到，如果这位女士留下来吃午饭，她们就得准备款待客人的饭菜。

家里只有面包、糖蜜和土豆。春天刚到，菜地里的蔬菜才刚冒出芽；奶牛还没开始产奶，母鸡要等到夏天才开始生蛋。梅溪里只剩下几条小鱼。就连小棉尾兔也被捕捉得所剩无几。

爸爸打心眼里不喜欢这种破旧、猎物稀少的地方，他想去西部。两年来，他一直想往西去，在那里圈下一块宅地。但是妈妈不愿意离开已经安顿好了的家园，而且家里缺钱。蝗灾之后，爸爸只收获了两茬干瘪的小麦，几乎入不敷出，何况现在又要支付医药费。

劳拉坚定地说："对我们来说好的食物，其他人也会觉得够好！"

马车在门前停下，坐在车上的陌生女人盯着站在门口的劳拉和妈妈看。她是个漂亮的女人，穿着整洁的棕色印花裙，戴着棕色的太阳帽。劳拉想到自己的光脚丫、破旧的裙子和蓬乱的辫子，突然有些难为情。接着妈妈缓缓地叫了一声："天啊，多西亚，原来是你！"

"我以为你认不出我来了呢！"马车上的女人说，"自从你们离开威斯康星，已经过了很多年了。"

她就是漂亮的多西亚姑妈。很久以前，在威斯康星州大森林中爷爷的木屋里，大伙儿举办枫糖舞会，多西亚姑妈穿着钉了黑莓一样纽扣的裙子翩翩起舞。

现在她已经结婚了,嫁给了一个有两个孩子的鳏夫。她丈夫是一名承包商,在西部的新铁路线上揽下了活。多西亚姑妈独自一人从威斯康星州驱车赶往达科塔保留区的铁路线营地。

她顺道来访,想问问爸爸愿不愿意跟她去西部。她的丈夫海伊姑父想要雇个能干的人替他看管商店、记录账簿还有计算工时。如果爸爸乐意的话,这份工作就是他的了。

"月薪五十美元,查尔斯。"多西亚姑妈说。

爸爸清瘦的脸颊立刻舒缓开来,碧蓝的眼睛闪闪发光。他慢悠悠地说:"看起来我能领一份不错的薪水,也不耽误寻找宅地,卡罗琳。"

妈妈依然没有动摇留在原地的心意。她环顾厨房,看了看卡莉和怀里抱着格蕾丝的劳拉。

"查尔斯,我不知道,"她说,"每月五十美元,确实是天赐的好工作,但是我们已经在这儿安家了,还种了一块地。"

"你好好想一想,卡罗琳,"爸爸恳求道,"到了西部,只要我们乐意耕种,就能获得一百六十英亩土地。那里的地和这里的一样肥沃,甚至更好。如果说山姆大叔把我们从印第安保留区的那块地上赶走了,而现在他又乐意偿还给我们一块好地,那么我们何乐而不为呢?而且西部猎物丰富,想要吃什么肉就有什么肉。"

劳拉听得心动了,话也几乎要从她的嘴里蹦出来了。

"可是现在我们怎么上路呢?"妈妈说,"玛丽身体虚弱,不适合长途颠簸。"

"这倒是。"爸爸说,"确实不好办。"然后他问多西亚姑妈:"工作能往后拖一拖吗?"

"不行,"多西亚姑妈说,"不行,查尔斯。海伊现在急缺人手,要么现在就去,不然就没机会了。"

"月薪五十美元,卡罗琳!"爸爸说,"还能拿到一块宅地。"

过了好一会儿,妈妈才柔声说:"好吧,查尔斯,照你的心思办吧!"

"这份工作就给我啦,多西亚!"爸爸站起身,拍了拍帽子,高兴地说,"有志者事竟成。我这就去找尼尔森。"

劳拉激动极了,几乎没心思做家务了。多西亚姑妈给她当帮手,她们一起干活时,她讲起了威斯康星州亲戚们的情况。

她的妹妹鲁比结婚了,生了两个儿子,还有一个漂亮的宝贝女儿,名叫多莉·瓦登。乔治叔叔当上了伐木工,在密西西比河流域伐木。亨利叔叔一家都很好,查理比预料的出息多了,毕竟亨利叔叔以前从不肯动他儿子一根手指头,甚至把他宠上了天。爷爷奶奶依旧住在老地方,住在那栋大木屋里。本来他们买得起木板屋,不过爷爷说结实的橡树滚木比单薄的木板走起来舒服多了。

黑苏珊——劳拉和玛丽离开森林小木屋时留下的那只猫,也仍旧住在那里。小木屋已经换了几次主人,现在成了一个谷仓,不过黑苏珊无论如何不愿意离开小木屋。它继续住在谷仓里,抓到的老鼠吃得它肥头圆脑、油光锃亮。保留区几乎每家每户都养了黑苏珊的儿女。它们一个个都和黑苏珊一样长着大大的耳朵、长长的尾巴,而且都是捕鼠能手。

爸爸回来时,打扫一新的屋子里已经摆上了午餐。爸爸把那块地卖了,尼尔森付了两百美金现钞买下地,爸爸为此心满意足。"这下子可以付清所有欠款,还能有一点剩余。"爸爸说,"不错吧,卡罗琳?"

"希望这是最好的打算,查尔斯,"妈妈回答,"但是——"

"等等,你听我说!我全想好了。"爸爸说,"明天早晨我和多西亚一起出发,你和姑娘们留在这里,等玛丽康复,可能要一两个月。尼尔森答应帮忙把东西运到火车站,到时候你和姑娘们一起坐火车来。"

劳拉眼睛一眨不眨地盯着爸爸。卡莉和妈妈也一样惊讶。玛丽好奇地问:"坐火车?"

她们从来都没想过有一天会坐火车旅行。当然,劳拉听说过人们坐火车出行,但是也听说火车厢里破破烂烂的,还常有谋杀案发生。她倒不是怕坐火车,反而心里激动得要命。卡莉憔悴的小脸衬得她的眼睛又圆又大,眼里闪烁着忧虑的神色。

她们曾见过,火车从大草原上呼啸而过,火车头上喷涌出乌黑的、翻滚的浓烟。她们也听见过,火车奔驰时发出的轰隆隆的响声和清脆嘹亮的汽笛声。马儿一见飞奔的火车就受惊,骑马人万一勒不住缰绳,马就扭头逃跑了。

妈妈静静地说:"有劳拉和卡莉帮忙,我们能顺利搬家。"

长大成人

爸爸第二天一大早就得出发,所以在他离家前有一大堆事要做。他把旧车厢骨架套在马车上,罩上帆布。这辆马车已经十分破旧,但是还能跑短途。多西亚姑妈和卡莉帮他装车,劳拉忙着清洗熨烫衣物和烘烤路上吃的硬面包。

杰克蹲在一旁看一家人忙碌,谁也没空理睬这只上了年纪的牛头犬。然后劳拉突然看见它站在了家门口和马车之间。它不再像以前那样摇头摆尾、欢蹦乱跳,被风湿病折磨的它只能支撑着僵硬的腿脚蹲在地上。它哀伤地皱着眉头,耷拉着一截短尾巴。

"我的好杰克。"劳拉亲昵地叫他,但是他没有摆尾巴,眼睛里流露出忧伤的神色。

"瞧,爸爸,你瞧杰克!"劳拉弯下腰,抚摸杰克光滑的脑袋。他原本油光锃亮的毛发现在已经变成了灰白色。他的鼻子最先变灰,接着是他的下巴,现在连他的耳朵也不再是棕色的了。杰克把脑袋靠在劳拉身上,叹了口气。

忽然之间,劳拉明白了,杰克现在没法再跟着马车一路跑到达科塔保留区了。它心里不安,因为它看见马车整装待发,而它自己年老体弱。

"爸爸!"劳拉大声叫,"杰克走不了远路!哦,爸爸,我们不能把它丢下!"

"它确实不能长途跋涉了,"爸爸说,"我差点忘了。我会把饲料袋挪一下,腾出一块地方让它待在马车里。你喜欢坐马车吗,呃,老伙计?"

杰克礼貌地摇了摇尾巴,然后扭过头。它不愿意离开家,就算是坐马车也不愿意。

劳拉蹲下来,像她还是小姑娘时那样把杰克搂在怀里。"杰克,杰克!我们要去西部了。你难道不想再去西部吗,杰克?"

以前,每次杰克看见爸爸给马车安上车篷,它都是一副兴高采烈的模样。然后等马车一出发,它就跑到马车的阴影下,跟在马儿身后,一路小跑,从威斯康星州跑到印第安保留区,再回到明尼苏达州。它蹚过小溪,游过大河,每天晚上都守护着在马车上熟睡的劳拉。每天早上,尽管它的腿脚因为长途跋涉而酸痛,它却总是高高兴兴的,和劳拉一起看日出、看爸爸给马儿套上马具。当新的一天到来时,它总是兴致勃勃,准备好再次上路。

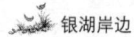

现在它只是一个劲儿地偎依着劳拉，用鼻子摩挲劳拉的手，乞求劳拉轻柔的抚摸。劳拉抚摸着杰克灰色的头和耳朵，知道它有多么疲惫。

自从玛丽、卡莉，接着还有妈妈得了猩红热后，劳拉就没时间陪杰克玩了。以前无论劳拉遇到什么麻烦，杰克总会想方设法帮她。但是面对家里有人生病，它什么忙也帮不上。可能这么久以来，它感觉到了孤独和寂寞。

"我不是故意的，杰克。"劳拉安慰它。杰克懂了，它和劳拉总是心心相印。劳拉还是小姑娘时，杰克就一心一意地照看她，后来又帮着劳拉照看幼小的卡莉。爸爸不在家的时候，它总是陪着劳拉，照顾她和全家人。它是劳拉最忠实的守护者。

劳拉不知道该怎么跟杰克解释，它必须坐马车跟爸爸一起走，劳拉暂时留下。也许杰克弄不明白，劳拉过些天会坐火车与他们汇合。

现在劳拉不能和杰克待得太久，因为有许多活要干。不过一整个下午，劳拉一有空就对杰克说："你是我的好杰克！"劳拉为杰克准备了一顿丰盛的晚餐。洗完碟子、摆好第二天一早早餐桌后，劳拉为杰克铺床。

杰克的床就是一块旧马毯，铺在后门口单坡顶屋子的一个墙角里。自从他们搬进这栋屋子，它就一直睡在那里。劳拉睡在阁楼上，而它爬不上楼梯。五年来，劳拉一直把它的床整理得干干净净、舒舒服服。但是最近她把铺床这件事忘了。杰克只好用爪子把马毯抓来抓去，可是那条马毯已经又皱又硬。

杰克看着劳拉把马毯展开、捋平，它笑着摇晃起尾巴，为劳拉再次替它铺床感到高兴。劳拉把马毯铺成一个窝，然后拍了几下，示意杰克它的床铺好了。

　　杰克抬脚走进窝里，扭过身子。它趴下了硬邦邦的腿后又慢悠悠地扭了一次。它总要扭动三次才趴在里面入睡。无论它年轻时住在大森林里时，还是赶路时晚上睡在马车下的草地上，它都是这样做的。

　　它疲惫地转了三圈后，扑通一声趴下去，叹了口气，蜷起身体。不过它依旧仰着头，盯着劳拉。

　　劳拉抚摸着杰克头上灰色的毛发，情不自禁地回想起杰克陪伴她的美好时光。因为有杰克在，狼群和印第安人不敢靠近她；无数个夜晚，杰克帮她一起把牛赶回家；他们俩一起开心地在梅溪边玩，在那个凶狠的老螃蟹住的池塘里玩；她上学后，杰克一直守在浅滩边，等她放学回家。

　　"好杰克，我的好杰克。"劳拉轻声叫唤杰克。杰克扭头伸出舌头舔了舔劳拉的手。然后他把鼻子埋进爪子里，又叹了口气，闭上了眼睛。他要睡觉了。

　　第二天一早，劳拉走下楼梯时，爸爸正要出门喂牲口。他喊了喊杰克，但是杰克一动不动。

　　毯子上蜷缩着杰克僵硬冰冷的身体。

　　他们把杰克埋在了麦地边的矮坡上。不远处是一条小路，以前他时常欢蹦乱跳地跑上那条小路，帮着劳拉赶牛群。爸爸铲起泥土，盖在杰克躺着的盒子上，把坟头整得平平的。他们会往西部去，坟头上也会长出野草。杰克再也嗅不到清晨清新的空气，再也不会竖起耳朵、张大嘴巴、在矮草丛里欢蹦乱跳了。它再也不会把鼻子凑到劳拉的手边，央求她的爱抚了。有那么多次，不用它央求，劳拉本该去抚摸他，但是劳拉没有。

"别哭，劳拉。"爸爸说，"它已经去了天堂。"

"真的吗，爸爸？"劳拉啜泣着问。

"好狗会有好报的，劳拉。"爸爸说。

也许在天堂里，杰克又欢快地在高高的草原上迎风奔跑，仿佛又回到了印第安保留区美丽的荒野草原上。也许他终于逮到了一只兔子。他总想逮到一只长腿、长耳朵的兔子，却总事与愿违。

那天早上，爸爸赶着嘎吱作响的旧马车，跟在多西亚姑妈的马车后，离开了家。杰克不在劳拉身边，陪她一起眺望爸爸的背影。劳拉心里空荡荡的，因为杰克再也不会抬起眼睛注视她、安慰她，告诉她它会在她身边保护她。

劳拉明白，自己不再是一个小女孩了。现在就算孤身一人，她也要照顾好自己。既然无法选择，那就尽力而为，因为自己已经长大了。劳拉个子不算高，但她已经十三岁了，不能再等着别人照顾她了。爸爸和杰克都走了，妈妈需要她帮助，照顾好玛丽和小妹妹们。无论如何，她们都要一起坐上火车，平安抵达西部。

火车之旅

坐火车的那一天终于来临，劳拉反倒不敢相信这是真的。之前无数个日日夜夜仿佛渺无尽头，而现在转眼之间她们就踏上了旅途。她所熟稔亲切的梅溪、木屋、山坡、田野都被留在了身后，也许她再也见不到它们了。最后的几天里，她们忙着洗洗涮涮、熨烫衣物、整理行装。临行前一刻更是匆匆忙忙地洗澡、更衣。现在这样的时光一去不复返了。在一个工作日的清晨，她们穿着浆洗过的洁净衣裙，一个挨着一个坐在候车室的长凳上，等待妈妈买火车票回来。

再过一个小时，她们就将坐上火车。

两个背包放在了候车室门外洒满阳光的站台上。劳拉按照妈妈的嘱咐，看着背包和格蕾丝。格蕾丝穿着洁白的亚麻布小裙子、戴着白色的太阳帽，安静地坐在长凳上，脚上小巧的新鞋从裙摆下探出来。售票窗口，妈妈小心翼翼地把钱从钱包里掏出来。

　　坐火车要花钱，以前她们坐马车赶路不用花钱。在这样一个晴朗的早晨，坐在马车上沿新开辟的道路前行该有多惬意啊！这是九月里的一天，天空中飘荡着小块的云朵。姑娘们现在都在学校上课了，她们能看见呼啸而过的火车，也知道劳拉就坐在那列火车上。火车可比马跑得快，简直快得惊人，所以经常出事故。谁知道一旦坐上了火车会发生什么事呢。

　　妈妈把火车票放进珍珠钱包里，然后小心翼翼地扣上小钢扣。她穿了一件黑色细毛料裙子，领子和袖口镶着白色蕾丝，显得楚楚动人。她戴了一顶黑色卷边草帽，帽顶一侧插着一枝风铃草花枝。妈妈坐到长凳上，把格蕾丝抱在膝头。

　　除了等车，她们没什么要做的了。她们生怕误点，早到了一个小时。

　　劳拉捋了捋她的裙子。她穿了一条撒满了红色小花的棕色印花棉布裙子。两根褐色的长辫子挂在背后，辫尾扎着一根红色的发带。她的帽子上也镶着一条红色的缎带。

　　玛丽穿着一条蓝色花朵图案的灰底印花棉布裙，她的宽边草帽上镶了一条蓝色缎带。帽子底下，一条蓝色缎带扎在额头上，把她的一头短发束在耳朵后。她的一双动人的蓝眼睛虽然看不见东西了，但她却说："别乱动，卡莉，你会把裙子弄皱的。"

　　劳拉伸长脖子看了一眼坐在玛丽身旁的卡莉。卡莉又瘦又小，穿着粉色印花棉布裙，棕色的辫子和帽子上都系着粉色的缎带。她尴尬地涨红了脸，因为玛丽挑了她的毛病。劳拉对她说："到我这里来，卡莉，爱怎么动就怎么动！"

这时玛丽开心地笑着说："妈妈，劳拉也坐立不安呢！不用看就知道！"

"是的，玛丽。"妈妈说。然后玛丽又心满意足地笑了。

劳拉心里有些恼玛丽，又为有这样的念头感到惭愧，于是她闭嘴不说话，站起来一声不吭地从妈妈前面挤过去。妈妈不得不提醒她："你应该说'打扰了'，劳拉。"

"打扰了，妈妈。打扰了，玛丽。"劳拉彬彬有礼地说，然后坐到了卡莉身边。有劳拉和玛丽坐在两旁，卡莉安心了。她确实非常害怕坐火车，不过当然她是不愿意承认的，但是劳拉明白她的心思。

"妈妈，"卡莉胆怯地问，"爸爸一定会来接我们的，是吗？"

"他会来接我们的，"妈妈回答，"他会从营地驾车赶来，可能要花上一天时间。我们就在崔西镇上等他。"

"他能——能在天黑前赶到吗，妈妈？"卡莉问。

妈妈说希望如此。

谁知道火车上会发生什么事情，这和一家人坐马车出行可不一样。于是劳拉笃定地说："也许爸爸已经找好了我们的宅地。你猜猜看那块地是什么样的，卡莉，你猜完我再猜。"

她们断断续续地聊天，因为要留心列车到来的信号。过了很久后，终于玛丽说她听见了火车的声音。然后劳拉听见从远处传来微弱的轰鸣声。她的心扑通扑通跳得飞快，几乎忘了去听妈妈在说什么。

妈妈抱起格蕾丝，另一手紧紧拽住卡莉的手。她说："劳拉，你和玛丽跟在我身后。从现在起，一定要小心！"

火车正疾驰而来，声音震耳欲聋。她们站在站台上的背包边，看火车进站。劳拉不知道她们要怎么把背包搬上火车。妈妈腾不出手来,她自己也要拉着玛丽。火车头上的圆玻璃窗在阳光下闪闪发亮,像一只巨大的眼睛。高耸的烟囱里翻滚出阵阵黑烟,突然一股白色蒸汽从黑烟中喷涌而出,随后尖锐的汽笛声嘶鸣。咆哮着的火车朝她们径直驶来,车身也越变越大,把周围的一切震得摇摇欲坠。

恐怖的一幕终于结束了。火车没有撞在她们身上,又粗又大的车轮载着火车从她们身边呼啸而过。货车厢和平板车厢哐啷哐啷朝前横冲直撞,最后砰地停住了。火车进站了,她们该上车了。

"劳拉!"妈妈大声说,"你和玛丽一定要小心!"

"嗯,妈妈,我们会小心的。"劳拉说。她扶着玛丽跟在妈妈身后,一步一步地穿过站台。妈妈停下脚步,劳拉就和玛丽也跟着停下。

她们走到了火车最后一节车厢旁,台阶一级级向上通到车厢里。一个穿黑色制服、戴黑色帽子的陌生人帮抱着格蕾丝的妈妈登上火车。

"飞喽!"他说着举起卡莉,把她放在妈妈身旁。接着他问:"那是你们的背包吗,夫人?"

"是的,谢谢。"妈妈说,"上来吧,劳拉、玛丽。"

"他是谁,妈妈?"劳拉扶玛丽上台阶时,卡莉问。她们挤在狭窄的过道里,那个人兴高采烈地拎着背包从她们面前挤过去,然后用肩膀推开了车厢的门。

她们跟着他走进去,两旁是两排红色丝绒座位,上面坐满了人。车厢两侧装满了窗户,车厢里和室外一样明亮。一大束阳光斜照在乘客和红色丝绒座位上。

妈妈在一个丝绒座位上坐下,把格蕾丝放在她的膝盖上,然后她让卡莉坐在她旁边,说:"劳拉,你和玛丽坐在我前面的座位上。"

劳拉扶着玛丽坐到座位上。丝绒椅子富有弹性，劳拉真想在上面蹦一蹦，不过她知道自己一定要守规矩。她悄悄地说："玛丽，座位是红色丝绒的。"

"我知道了。"玛丽说，一边用指尖抚摸椅面。"我们前面有些什么？"

"是前排座位的靠背，也是红色丝绒的。"劳拉告诉她。

这时又突然响起了汽笛声，把她们俩都吓了一跳。火车马上就要开动了。劳拉跪在座位上探头看妈妈。妈妈看上去非常镇静，白色蕾丝领黑裙子和白色小花帽子衬得她格外漂亮。

"怎么啦，劳拉？"妈妈问。

劳拉问："那个人是谁？"

"司闸员。"妈妈说，"快坐好——"

火车猛地一颠，把妈妈震得向后靠。劳拉的下巴重重地撞在了椅背上，帽子也滑了下来。接着火车又颠了一下，不过这次不像上次那么剧烈，然后它浑身一抖，站台随之动了起来。

"开车了！"卡莉大叫。

火车颤抖着越开越快，轰隆隆的声音也越来越响，站台飞快地向后退去，车底下的轮子开始飞转。咣当——咣当——咣当，车轮越转越快。

整个车厢合着车轮咣当咣当的节奏摇摇晃晃地向前驶去，黑色的浓烟飘散到空中。车窗外，电报线高低起伏。其实电报线本身并不是忽高忽低的，只是它被垂挂在了电线柱之间。电报线接口处的绿色玻璃球在阳光下闪闪发光，一股黑烟飘过时又变得暗淡无光。电报线远处，草地、田地、四散的农舍和谷仓一一退去。

窗外的景物飞快地移动，劳拉还没有看清楚，它们就消失了。

火车一小时能跑二十英里,差不多是马一天的行程。

这时,车厢门打开了,走进来一个高个子男人。他穿着带铜纽扣的蓝色制服,还戴了一顶帽子,帽檐上有三个字——检票员。他走到每一位乘客身边,取过车票,然后用手里的一个小机器往车票上打洞。妈妈递给他三张车票。卡莉和格蕾丝还小,不用买火车票。

检票员继续往前面走,劳拉低声说:"哦,玛丽,他的制服上有许多亮晶晶的铜纽扣,帽子上还有'检票员'三个字!"

"他个子很高,"玛丽说,"他的声音是从高处传下来的。"

劳拉想告诉玛丽窗外的电报线杆后退得有多快。她说:"电报线悬挂在电线杆之间,高低起伏。"然后她开始数电线杆,"一——过去了!二——又过去了!三!它们后退得多快啊!"

"我知道有多快,我能感觉到。"玛丽高兴地说。

在那个可怕的早晨,玛丽的眼前阳光明媚,她却什么也看不见。爸爸当时就说,劳拉从此要当玛丽的眼睛。他说:"你的大眼睛灵活,你的小嘴巴灵巧,如果你乐意的话,就让它们帮助玛丽吧。"劳拉答应了爸爸的请求,从那之后她成了玛丽的眼睛。玛丽很少需要主动问她:"劳拉,请告诉我你看见了些什么。"

"车厢两旁是窗户,一扇紧紧挨着另一扇。"劳拉告诉玛丽,"每一扇窗就是一大块玻璃,窗户间的木头被打磨得油光锃亮,像玻璃一样闪闪发光。"

"嗯,我看到了。"玛丽伸出手指头,抚过窗玻璃和闪闪发亮的木头窗框。

"大束阳光从南面的窗户斜照进来,照在红色丝绒座位上和乘客身上。阳光也洒在了地板上,不停地晃动。车厢两侧窗户上方的木板向上蜿蜒,形成拱顶。车顶中央有一处凸起的地方,里面装了一面长条状的小窗。透过小窗,看得见外面蔚蓝的天空。车厢两侧的大扇窗户外是乡村的景色。收割完的麦地是金黄色的,谷仓旁堆着干草垛,房舍周围长着一丛丛黄色、红色的小树丛。"

"现在我给你讲讲车上的乘客。"劳拉继续低声说,"坐在我们前面的乘客是一个秃顶、络腮胡。他在看报,连一眼都不往车窗外瞧。再前面是两个戴帽子的年轻人。他们捧着一张白色的大地图,边看边说话。我猜他们也是去寻找宅地的。他们的手很粗糙,长满了老茧,他们一定是吃苦耐劳的人。再往前坐着一位一头金发的女士。哦,玛丽!她戴着一顶亮红色丝绒帽,上面还插了粉色玫瑰花——"

这时,一个人从劳拉身边经过,她立刻抬头一瞧,继续说:"一个瘦个子从我身边经过,他长着浓密的眉毛、长长的胡须,还有一个大大的喉结。他没法站直了走路,因为火车跑得太快了。我不知道他——哦,玛丽!他在转动车厢尾墙边的一个小把手,水居然从里面流出来了!"

"水灌进了一个小锡杯里。瞧,他正在喝水,他的喉结上下跳动。他又把杯子灌满了。他只拧了一下把手,水就出来了。你猜是怎么回事——玛丽!他把杯子放回到一个小架子上了。现在他又往回走了。"

等那个男人走过去之后,劳拉有了主意。她问妈妈她能不能去喝杯水,妈妈说可以,于是她从座位上站了起来。

她也没法站直了走路,摇晃的车厢让她脚下不稳,只能一路扶着座位往前走。最后她终于走到了车厢尾,盯着看亮闪闪的把手、水龙头和装着锡杯的小托架。她微微地拧了一下把手,水就从水龙头里流出来了。她把把手往回拧,水就停住了。杯子底下的托架上有一个小孔,从杯子里溢出来的水就沿着小孔流走。劳拉从没见过这样神奇的装置。它既干净又奇特，她真想一次次灌满杯子，但是这样会浪费水。于是她喝了一杯后，怕水溢出来就只灌了大半杯，然后小心翼翼地端给妈妈。

卡莉和格蕾丝喝了几口就不想喝了，妈妈和玛丽不渴，于是劳拉把杯子放回了原处。火车在飞驰，车厢摇摇晃晃，窗外的土地飞速向后退去，但是这一次，劳拉走回来时没有扶座位。她走得和检票员一样稳当，肯定没人怀疑她这是头一次坐火车。

接着一个男孩沿着过道走过来，手里挽着一只篮子。他停住脚，给乘客们看篮子里的东西。有些乘客从里面拿了几样东西，然后付钱给男孩。等他走到劳拉身旁时，劳拉看见篮子里装满了糖果盒和长条的白色口香糖。男孩把篮子端到妈妈面前，说："要来点美味的糖果吗，夫人？还有口香糖。"

妈妈摇了摇头，男孩打开了一个糖果盒，露出了彩色的糖果。卡莉情不自禁地发出了一声惊叹。

男孩轻轻地摇了摇糖果盒，糖果窸窸窣窣响，但是没蹦出来。那都是些漂亮的圣诞节糖果，有红的、黄的，还有红白条纹的。男孩说："只卖十美分，夫人，一角钱。"

劳拉和卡莉知道，她们不能花钱买糖果，只能看一看。可是妈妈突然打开钱包，数出一个五分硬币和五个一分钱，塞到了男孩手里。然后她拿起糖果盒，放到卡莉手里。

男孩走开后，妈妈说，请大家原谅她花了这么多钱，"不过无论如何，我们都该庆祝第一次坐火车。"

格蕾丝睡着了，妈妈说小宝宝不吃糖果。她自己挑了一小块，然后卡莉坐到劳拉和玛丽身边，三个人把剩余的糖果分了。每人分到两块糖。她们本来打算吃掉一块，第二块留到第二天吃，但是第一块吃完之后过了一小会儿,劳拉决定尝一尝第二块的味道。接着卡莉忍不住了,最后玛丽也投降了。她们一口一口舔着,美味的糖果慢慢地消失在舌尖上。

她们还在舔手指头的时候,嘹亮、冗长的汽笛声响了。然后火车放慢速度,车窗外的简陋棚屋也慢慢后退。所有乘客开始收拾行李,戴上帽子。接着一阵可怕的撞击颠簸,火车停了。中午时,她们抵达了崔西镇。

"我希望糖果没坏了你们吃午餐的胃口。"妈妈说。

"可是我们没带午餐啊,妈妈。"卡莉提醒妈妈。

妈妈心不在焉地回答:"我们要去旅馆里吃。走吧,劳拉。你和玛丽一定要小心!"

铁路的尽头

爸爸没来陌生的火车站接她们。司闸员把背包放在站台上，对妈妈说："夫人，如果您乐意等我一会，我会带你们去旅馆，我正好自己也要去那里。"

"谢谢您！"妈妈向他表示感谢。

司闸员帮着别人把火车头从火车上卸下来。脸被熏得通红、沾满了煤灰的司炉工从火车头里探出脑袋，往外瞧。然后他拉汽笛绳，火车头就自个儿伴着汽笛声，冒着烟，咔嚓咔嚓地往前开去。它只跑了一小段路就停了下来。劳拉简直不敢相信自己的眼睛。火车头下的铁轨和铁轨上的枕木向右延伸，绕了一圈又回到原处与原来的轨道连接在一起。然后火车头就面朝和刚才相反的方向。

劳拉惊讶极了，不知道该如何跟玛丽描述这一切。火车头咔嚓咔嚓冒着烟，爬到了火车旁的另一条铁轨上。那条铁轨比火车长出一截。车铃响了，火车工们喊起了号子，挥舞着胳膊，然后火车头开始往后退，砰的一声与火车尾部接在了一起。所有的车厢立刻乒乒乓乓撞在一起。现在，一辆头尾掉了个儿的火车又站在了轨道上，面朝东方。

卡莉惊讶得合不拢嘴。司闸员和善地笑着告诉她："这是转车台。这里是铁路的尽头，我们要调转火车头才能让它带着火车往回跑。"

当然，事情本来就是这样的，但是劳拉以前从来没想到过这一点。她现在终于明白爸爸说的话是什么意思了。他说他们正生活在一个美好的时代,世界整个历史上还从来没有出现过这么多奇迹。没错,短短的一个早晨,她们就走过了原本要花上一个星期才能走完的路程。而且,劳拉还看见了会掉头的铁马,只要花上一个下午,它就能回到出发地。

有那么一小会儿,劳拉真希望爸爸是铁路工人。没什么比铁路更神奇的了,铁路工人真是了不起,他们能开动庞大的铁火车头,驾驶危险的疾驰的火车。不过,当然啦,铁路工人再了不起也比不上爸爸,她爱爸爸,不管他是做什么的。

车站远处的另一条铁轨上停着一长排货车,人们正把货从车厢里卸到马车上。可是,忽然间,他们都停下手头的活,从马车上跳下来。有些人大声高喊,一个壮实的年轻人唱起了妈妈最喜欢的曲子,只不过换了歌词。他是这么唱的:

在那不远的地方,
有个小旅馆,
一天三餐饭,
顿顿火腿煎鸡蛋。

哦!午餐的铃声响起来,
寄宿的人们唱起来,
啊哈哈!火腿煎鸡蛋,
味道扑鼻香!

他们正唱得起劲,突然看见了妈妈,就停住了。妈妈抱着格蕾丝、拉着卡莉,安静地朝前走。司闸员觉得有些尴尬,赶紧说:"我们得赶快了,夫人,午餐的铃声响了。"

沿着一条不长的街道,经过几间商店和一块空地,就到了旅馆门前。竖在人行道上的一块招牌上写着"旅馆"两个字。一个男人站在招牌底下摇晃一个手摇铃。铃铛叮叮当当响,尘土飞扬的马路上和宽阔的人行道上响起了男人靴子用力踩地的声音。

"哦,劳拉,旅馆有歌里唱的那么好吗?"玛丽声音颤抖着问。

"不太一样。"劳拉说,"看上去还好,就是小镇上的普通旅馆,进出的都是工人。"

"他们听起来很粗鲁。"玛丽说。

"现在到旅馆门口了。"劳拉告诉玛丽。

司闸员走在前面,带她们走进旅馆,然后把行李放在了地上。地板有些脏兮兮的,墙上贴着棕色的墙纸,挂历上画的是一个漂亮姑娘站在金色的麦地里。所有的男人推搡着穿过敞开的大门,走进另一头的餐厅里。那里已经支起了一张长桌子,铺着洁白的桌布。

摇铃的那个人对妈妈说:"夫人,我们给您准备好了房间。"他把行李挪到前台后,说:"夫人,也许您在用餐前想先洗个脸?"

一个小房间里摆着一个脸盆架,上面有一个大陶瓷盆,里面放着一个大陶瓷水壶。墙上挂着卷筒毛巾。妈妈打湿了一块干净的手帕,擦了擦格蕾丝的脸和手,然后她自己也洗了一下。接着,她把脸盆里的水倒进一旁的水桶里,再往脸盆里倒上干净的水,让玛丽和劳拉轮流洗。凉爽的清水洗去了她们脸上的尘埃和煤灰,一下子舒服多了,脸盆里的水也变黑了。每个人只用了很少的一点儿水,水壶就被倒空了。劳拉洗完,妈妈又把水壶放回脸盆里。她们都用卷筒毛巾把手擦干净。卷筒毛巾用起来非常方便,因为毛巾的两边是缝在一起的，能绕着滚筒转，这样大家都能找到干燥的地方擦手。

到了该去餐厅吃饭的时间了。劳拉心里害怕起来，她知道妈妈也害怕，因为她们要和这么多陌生人面对面一起用餐。

"你们看上去又干净又漂亮。"妈妈说，"好了，记住餐桌上的礼仪。"妈妈说完抱着格蕾丝先走了出去，卡莉跟在她后面，然后是劳拉，玛丽是最后一个。她们一走进餐厅，原本用餐时嘈杂的声音突然安静了，但是几乎没有一个人抬起头来看她们。妈妈找到了空椅子，然后她们在长桌旁坐成了一排。

餐桌洁白的桌布上密密麻麻地罩着一个个像蜂窝一样的金属丝网罩。网罩下面摆着一盘盘肉和蔬菜，还有一盘盘面包、黄油，一碟碟泡菜，一壶壶糖浆、奶油，一碗碗糖。每个人面前的小盘子里都放着一大块馅饼。苍蝇在金属丝网罩周围飞来飞去、嗡嗡作响，但怎么也蹚不到里面的食物。

大家和气地传递食物，碟子不停地从妈妈左右两侧递到她面前。大家都静悄悄地不说话，只有当妈妈对他们说"谢谢"的时候，才低声回答"不用谢，夫人"。一个姑娘为妈妈端来了一杯咖啡。

劳拉替玛丽把肉切成小块，并在面包涂了黄油。玛丽灵活自如地使用刀叉，食物一丁点儿都没掉在桌子上。

只可惜乘坐火车的激动心情赶跑了她们的好胃口。午餐费是每人二十五美分，她们想吃多少就能吃多少，因为餐桌上摆满了琳琅满目的食物。可是她们只吃了一点点就饱了。过了一会儿，工人吃完了馅饼，离开了餐桌。端咖啡的姑娘开始收拾餐盘，把它们叠在一起收进厨房里。她个子高高的，性情温和，长着圆圆的脸蛋和金黄色的头发。

"我猜你们一定是去宅地的吧？"她问妈妈。

"是的。"妈妈回答。

"您的丈夫在铁路上工作吗?"

"是的,"妈妈说,"他今天下午来这儿接我们。"

"我猜也是。"姑娘说,"这个时节到这儿确实有些奇怪,多数人都是春天来的。您的大姑娘眼睛瞎了,是吗?真是不幸。对了,休息室就在办公室边上,你们可以在那儿休息,一边等您的丈夫。"

休息室里铺着地毯,墙上是碎花墙纸,椅子上垫着深红色长毛绒垫子。妈妈躺进摇椅里,长长地舒了一口气。

"格蕾丝可真够重的。坐下吧,姑娘们,不要吵闹。"

卡莉爬上了妈妈旁边的一把大椅子。玛丽和劳拉坐在了沙发上。她们都安安静静的,好让格蕾丝安安稳稳地睡一个午觉。

休息室中央的桌子上摆着一个黄铜底座的台灯。弯曲的桌脚下装着玻璃球。蕾丝窗帘束在窗户两侧,透过窗户劳拉看得到大草原和在草原上蜿蜒的小路。也许爸爸会顺着那条路赶来接她们。如果是这样的话,她们也会沿着那条路向前走。也许从劳拉目光所及的小路尽头再向前去,那里会有她们的宅地,她们会在那里建起新家。

劳拉不情愿在任何地方停下,她真想一直走下去,一直走到路的尽头,不管是天涯还是海角。

整个冗长的午后,她们安静地坐在旅馆的休息室里,格蕾丝安然熟睡,卡莉小憩了一会儿,就连妈妈也打了一会儿盹。太阳快下山的时候,小路上出现了一小队人马。渐渐地人影越变越大。这时,格蕾丝醒了,她们都趴在窗户上往外张望。马车终于清晰可见了,那就是爸爸的马车,爸爸就坐在马车上。

因为在旅馆里,她们不能随意跑出去。过了一会儿,爸爸就进来了,跟她们打招呼:"嗨!我的姑娘们!"

铁路的尽头

铁路营地

第二天一早,一家人坐上马车向西部进发。格蕾丝坐在妈妈和爸爸中间的弹簧坐垫上,卡莉和劳拉护着玛丽,坐在马车厢里的木板上。

火车舒适、快捷,但是劳拉更喜欢坐马车。这一次的旅程一个白天就能到,所以爸爸没有安马车车篷。她们一抬头就能看见广阔无垠的天空,广袤的草原向四面八方蔓延,草原上散落着一间间农舍。马车跑得慢,她们可以悠闲地欣赏周围的景致,也可以愉快地聊天。

四周一片静谧,只听得到吧嗒吧嗒的马蹄声和嘎吱嘎吱的马车声。

爸爸说,海伊姑父已经做完了第一个工程,正要搬到更往西的新营地。他说:"工人们已经搬走了,只剩下几个赶马的伙计和多西亚一家人。过几天他们会把最后一批棚屋拆掉,然后把木材运走。"

"我们也跟着一起去吗?"妈妈问。

"是的,过几天就走。"爸爸回答。他还没在这里找到宅地,不过到了更西边的地方他总能找到一块合意的。

劳拉没发现什么有趣的事情可以讲给玛丽听。马儿沿着横跨草原的那条小路前行,路旁就是用新泥堆砌的铁路路基。小路北边的土地、房屋和之前家里的一样,只不过它们显得更新更小。

清早抖擞的精神很快被消耗尽了。她们坐的硬木板随着马车不停地颠簸、摇晃，而太阳似乎从来没有像今天这样升得这么慢。卡莉叹了一口气，她瘦削的小脸显得更加苍白了。可是劳拉也没有办法。她和卡莉必须守着坐在木板中间的玛丽，尽管木板的两端颠簸得最厉害。

终于太阳升上了头顶，爸爸在一条小溪边勒住了马。一切安静下来，人也舒服多了。小溪潺潺流淌，马儿从马车后面的饲料箱里津津有味地吃起了燕麦。妈妈往和煦的草地上铺了一块布，打开了午餐盒。盒子里有面包、黄油、白煮蛋，一个纸包里包着吃蛋时蘸的胡椒粉和盐。

中午一眨眼就过去了。爸爸把马儿牵到溪边饮水，妈妈和劳拉捡起蛋壳和废纸，不留下一丁点儿垃圾。爸爸把马套上马车，吆喝了一声："上车啦！"

劳拉和卡莉真想徒步走一会儿，但是她们没有吱声，因为她们知道玛丽扶不住马车，也不能把失明的她孤单地留在马车上。于是她们扶玛丽上车，然后挨着她坐在木板上。

那个下午似乎比早晨还要漫长。有一会儿，劳拉忍不住说："我以为我们是要去西部。"

"我们是在往西部去，劳拉。"爸爸惊讶地回答。

"跟我想的不一样。"劳拉说。

"等我们驶离定居点你再下结论吧！"爸爸说。

又过了一会儿，卡莉叹了口气说："我好累呀！"但是她很快挺直了身板说："其实也没那么累。"她不想让别人以为她爱抱怨。

小小的颠簸算不了什么。上一次她们从梅溪坐马车赶到镇上，马车跑了两英里半的路，她们一点儿也没觉得颠簸。但是从日出到中午,从中午到日落,一整天都在颠簸,真是叫人疲惫不堪。

夜幕降临了,马儿继续稳步朝前走,车轮也咕噜咕噜不停地滚,硬木板震得嘎嘎响。星星已经挂在了头顶的夜空上,寒冷的风呼呼地刮过来。如果不是颠簸的木板赶跑了她们的瞌睡虫,她们一定早就呼呼大睡了。很长一会儿,大家都不说话。后来爸爸说:"棚屋里亮着灯呢!"

前方黑漆漆的大地上出现了一点光。那不是星光,因为星星虽然又大又亮,但是星星的光是寒冷的,而那点光却散发着暖意。

"那是一点橘黄色的光,玛丽。"劳拉说,"它在远方的夜色中闪闪发亮,鼓舞我们继续赶路,有光的地方一定有房屋,也有人。"

"还有晚餐,"玛丽说,"多西亚姑妈一定为我们留着热乎乎的晚餐呢。"

渐渐地火光越来越清晰,圆圆的一圈光晕,祥和地照进黑夜中。过了好一会儿,出现了透着火光的一角窗棂。

"现在我看得见那是一扇窗户,"劳拉告诉玛丽,"那是一个低矮的长排屋子,旁边还有两个类似的屋子,周围黑漆漆的,我只看见了这些。"

"这里就是营地。"爸爸说。然后他"嘿——呦"一声喝住了马。

马儿立刻停住脚,一步也没再往前迈。马车也顿时停止了颠簸和摇晃。一切都静止下来,只有静谧、寒冷的夜色围在四周。接着灯光从门口倾泻而出,多西亚姑妈大声喊:"快进来,卡罗琳、姑娘们!查尔斯,快把马拴好,晚餐已经准备好了!"

夜晚的寒气似乎已经钻进了劳拉的身体里,她快冻僵了。玛丽和卡莉也冻得四肢僵硬。她们跟跟跄跄地往前挪步,一边打着哈欠。长长的屋子里,煤油灯光照在长桌、长凳和粗糙的木板墙上。

屋子里很暖和，炉子上的晚餐散发出阵阵香味。多西亚姑妈说："嗯，丽娜、约翰，你们不打算跟你们的表姐妹打招呼吗？"

"你们好！"丽娜说。劳拉、玛丽和卡莉齐声说："你们好！"

约翰是个小男孩，只有十一岁。丽娜比劳拉大一岁，一双黑玛瑙一样的眼睛炯炯有神，头发黑得像缎子，自然地卷曲，弯弯的短刘海紧紧地贴在前额上，头顶上的头发像波浪一样起伏，辫尾垂着卷曲的发丝。劳拉一下子就喜欢上了丽娜。

"你喜欢骑马吗？"她问劳拉，"我们有两匹小黑马，我们能骑，我还能驾着它们赶车。约翰就不行了，因为他还太小。爸爸不让他驾车。不过我就不同了，明天我会去取洗好的衣服，你愿意的话跟我一起去吧。"

"嗯！"劳拉说，"只要妈妈同意。"劳拉这个时候已经困得要命，忘了问她怎么驾驶马车去取衣服。她只想一头栽下沉入梦乡，连晚餐也是硬熬着才吃完的。

海伊姑父是一个胖嘟嘟、性情随和的人，多西亚姑妈却是个快嘴巴的急性子。海伊姑父三番四次想要让多西亚姑妈别着急，但是结果多西亚姑妈反倒越说越快。她正生着气，因为海伊姑父辛辛苦苦工作了一整个夏天，结果却没有得到报酬。

"一整个夏天，他把自己累得像只骡子！"她说，"他把他的伙计们全派到铁路地基上干活，我们俩省吃俭用、精打细算，想要熬到把工程干完。现在活是干完了，公司却说我们夏天的苦活白干了，我们还欠他们的钱！更加岂有此理的是，他们还要让我们揽下另一个工程，海伊居然接了下来！他做的好事！他居然把工程接了！"

海伊姑父又试着安慰她，劳拉努力不让自己睡着。所有人的脸蛋在她眼前晃动，说话声似乎越飘越远。她的脑袋一个劲地往下耷拉，然后突然脖子一挺又把脑袋扛起来。吃完晚餐，她摇摇晃晃地站起来，想要帮忙洗碟子，但是多西亚姑妈打发她和丽娜去睡觉。

多西亚姑妈的床上没有多余的地方让劳拉和丽娜睡，就连约翰也只能跟着工人睡在工棚里。丽娜对劳拉说："来吧，劳拉，我们睡在办公帐篷里。"

屋外天高地远，一片黑黝黝的，冷风飕飕地刮。巨大的天幕下，工棚低低地趴在黑漆漆的土地上，小小的办公帐篷在星光下像是幽灵出没的地方，与洒满了灯光的棚屋像是隔了很远很远。

帐篷里空荡荡的，地上长着青草，帆布搭成锥形的篷顶。劳拉忽然不知道自己身在何处，感觉到了从未有过的寂寞。她宁愿睡在马车上，也不愿意躺在地上，尤其是在一个陌生的地方。她真希望爸爸和妈妈在她的身边。

但是丽娜却觉得睡在帐篷里是一件顶有趣的事情。她扑通一声倒在地上的一块毯子上。劳拉睡眼惺忪地咕哝："我们不用脱衣服吗？"

"干吗要脱呢？"丽娜问，"明天早上还要穿呢。再说了，这里没有被子。"

于是劳拉也躺在了毯子上，很快就睡着了。突然她被一个可怕的声音吓醒了。无边的夜色中传来狂野、尖锐的号叫声。

不是印第安人的叫声，也不是狼的叫声。劳拉辨别不出那是什么声音，她被吓得心咚咚咚直跳。

"哎呀！你吓不了我们！"丽娜大声喊。然后她对劳拉说："是约翰，他想要吓唬我们。"

约翰又发出了一声号叫，接着丽娜对他喊："滚开，死小子！我可不是会被一只小老鼠吓破胆的人！"

"呀哦！"约翰回了一声。这时劳拉浑身又软绵绵地沉入了梦乡。

铁路营地

黑色小骏马

阳光透过帆布照在劳拉脸上,她醒来睁开眼睛。这时丽娜也睁开了眼睛,两个姑娘看了看对方,哈哈大笑起来。

"赶快!我们要去取洗好的衣物。"丽娜大叫着跳起来。

她们昨晚没脱衣服,所以不需要在这上面花时间了。她们叠起毯子,就算是整理完了卧室,然后蹦蹦跳跳地走出帐篷,外面是一个风淡云清的早晨。

在晴朗天空的衬托下,棚屋显得十分矮小。铁路地基和小路向东西方向延伸,北边的野草正随风抛撒带羽衣的种子。工人们正在拆卸一座棚屋,木板噼里啪啦往下落,发出清脆的声响。拴马索那里,野草被风吹弯了腰,两匹黑色小骏马正在吃草,缎子一样黑的鬃毛和尾巴随风飘扬。

"我们得先吃早饭。"丽娜说,"来吧,劳拉!赶快!"

多西亚姑妈在煎薄饼,其他人都已经坐在了餐桌旁。

"快去洗脸、梳头,你这个懒虫!早餐已经摆在桌子上了,大小姐!"多西亚姑妈一边笑一边趁丽娜从她身旁经过时打了她一记屁股。今天早上她变得和海伊姑父一样好脾气。

他们愉快地吃早餐,爸爸爽朗的笑声像钟声一样传到很远的地方。可是吃完早餐后却有一大堆碟子要洗!

丽娜说,比起她干的活,清洗这些碟子根本不值一提;她每天要清洗四十六个工人吃的碟子，一天洗三次，中间还要做饭。她和多西亚姑妈从天不亮一直忙到深夜，却还是没法把活全部干完。所以多西亚姑妈把洗衣服的活包给了别人。这是劳拉第一次听说外包洗衣。揽下这个活的是一个领到了宅地的移民的妻子。她住在离这里三英里远的地方，所以她们要来回跑上六英里才能取回衣物。

　　劳拉帮丽娜把马具拿到轻便马车旁，然后把两匹乖顺的小马从拴马索那里牵过来。她又帮着丽娜把马具套在小马身上，马嚼子塞进马嘴里，马颈轭夹住马儿那温暖、黝黑的脖颈，后鞯按在尾巴下。然后丽娜和劳拉让小马后退到马车拖杆旁，把坚硬的皮带绑在马车前的横木上。接着她们爬上马车，丽娜把缰绳抓在手里。

　　爸爸从来没让劳拉赶过马车。他说她的力气还不够大，万一马儿乱跑，她是勒不住它们的。

　　丽娜一拉缰绳，黑色的小骏马就迈开了轻快的步子。马车轮子飞快地滚动，清新的风拂面而来。小鸟扑闪着翅膀，在随风摇摆的草丛里忽上忽下、飞来飞去。小马驹越跑越快，车轮越滚越快。劳拉和丽娜高兴地笑着。

　　两匹马一边小跑，一边蹭了蹭鼻子，随后发出一声嘶鸣，立即迈步飞奔起来。

　　马车像是飞了起来，劳拉几乎要被甩出去了。她的太阳帽掉到了后脑勺，帽带挂在了脖子上。她紧紧抓住坐垫的边沿。小马依然奋力向前奔跑。

　　"它们跑疯了！"劳拉大声喊。

　　"让它们跑吧！"丽娜一边大声叫，一边甩动缰绳，"它们不会撞到任何东西，这里只有野草！驾——驾——驾！驾——哈哈！"她对着小马大声吆喝。

马驹黑色的长鬃毛和尾巴随风扬起,马蹄嗒嗒嗒地敲打地面,马车像是一艘全速前进的航船。周围的景物一晃而过。丽娜扯开嗓子唱起了歌:

> 我认识一个英俊的小伙子,
> 当心!哦,当心!
> 他多么会献殷勤。
> 当心!哦,当心!

劳拉以前没听过这首歌,但是很快她也高声唱了起来。

> 当心,亲爱的姑娘,他是十足的大骗子!
> 当心!哦,当心!
> 千万别相信他的连篇鬼话,
> 当心!哦,当心!

"哈哈,驾!驾——驾——驾!"她们一起吆喝,但是马驹已经跑得最快,没法再加速了。丽娜接着唱:

> 我不愿意嫁给农夫
> 因为他总是和泥巴打交道,
> 我宁愿嫁给铁路工人,
> 他爱穿条纹衬衫!

> 哦,铁路工人,铁路工人,

我心上的铁路工人!
我要嫁给铁路工人,
我要做铁路工人的新娘!

"我得让它们喘口气歇一歇了。"丽娜说。于是她拉住缰绳,马驹立刻放缓步子,开始小步跑,随后慢慢地踱起步子。一切又都静下来、慢下来。

"我真希望自己也能赶马车,"劳拉说,"我一直想的,但是爸爸不允许。"

"你来赶一段吧!"丽娜大方地提议。

这时马驹又蹭了蹭鼻子,嘶鸣一声,再次迈步飞奔起来。

"回家的路上你来赶车吧!"丽娜答应劳拉。她们放声歌唱、大声吆喝,在大草原上疾驰。每次丽娜让马驹放缓步子,它们稍事休息后又会飞奔起来。没一会儿,她们就到了移民的棚屋前。

这是一间用木板搭成的简陋小屋,单坡屋顶向一侧倾斜,乍一看像是半栋房屋。屋子还不及附近的麦垛大。麦垛旁工人们正在一台噗噗噗喷着汽、闹哄哄的机器上打谷。移民的妻子拖着一篮衣物走到了马车旁。她的脸蛋、胳膊、光脚被太阳晒得又黑又粗糙。她的头发凌乱、蓬松,破旧褪色的裙子上沾满了污迹。

"请原谅我这副脏兮兮的模样。"她说,"我闺女昨天出嫁了,今天早上又来了打谷的人,还有这一堆衣服要洗。天不亮我就开始忙个不停,活儿实在是太多呢,我闺女也不能在家帮忙了。"

"你是说丽兹出嫁了?"丽娜问。

"是啊,昨天出嫁了。"丽兹的妈妈骄傲地回答,"她爸爸说十三岁出嫁太早了,但是她遇到了个好男人,我就说趁年轻把婚事办了。我自己也早早就结婚了。"

劳拉看了看丽娜,丽娜看了看她。回营地的路上,她们有一会儿一句话也不说。但是过了一会儿,两人又突然同时开口。

"她只比我大一点点。"劳拉说。"我比她还大一岁呢。"丽娜说。

她们俩又对视了一眼,流露出恐惧的神色。然后丽娜扬起一头卷曲黑发的脑袋,说:"她真是个傻瓜!她再也不能像以前那样无忧无虑了。"

劳拉认真地说:"是啊,她再也不能玩了。"

这时两匹小马驹的脚步似乎也变得沉重了。过了一会儿,丽娜说,她想也许丽兹不用像以前那么辛苦了。"毕竟她有了自己的家,干她自己的活,用不了多久还会有宝宝。"

"嗯,"劳拉说,"我也喜欢有自己的家,有自己的宝宝,也不讨厌干活,但是我不想操这么多心,我宁愿让妈妈再照顾我们一段时间。"

"况且,我不想成家。"丽娜说,"我永远也不结婚,就算结婚,我也要嫁给铁路工人,只要我活着就会一直往西部去。"

"现在能让我驾车吗?"劳拉问。她真想把长大这件事忘在脑后。

丽娜把缰绳交给她。"你只要拉紧缰绳,"丽娜说,"马驹知道回去的路。"这时,两匹马又蹭了蹭鼻子,嘶鸣了一声。

"拉住它们,劳拉!拉住它们!"丽娜尖叫。

劳拉稳住脚,使出浑身力气拉住缰绳。她能感觉到马驹其实并没有恶意,它们奔跑起来是因为它们喜欢在这样多风的天气里撒欢,它们只是按着自己的心意做喜欢的事情。劳拉拉着缰绳,吆喝:"驾——驾——驾!"

劳拉忘了那篮子衣物,丽娜也忘了。她们穿过草原回营地的一路上,兴高采烈地吆喝、歌唱,马驹时而奔跑、时而快步走,时而又飞奔起来。等到她们把车停在棚屋门口,卸下马具,把马牵到拴马索时,才发现篮子最上层的干净衣服已经滚到了车座底下。

她们俩内疚地拾起掉落的衣物,放回到篮子里——捋平,然后把沉甸甸的篮子拖进棚屋里。屋里多西亚姑妈和妈妈正在洗碗碟。

"你们两个丫头看上去一本正经的,"多西亚姑妈说,"又捣什么鬼了?"

"怎么啦,我们不就是赶车去把洗好的衣物拿了回来嘛。"丽娜说。

那天下午比上午更带劲。一洗完碟子,丽娜和劳拉就又跑出去骑马。约翰已经骑了其中的一匹,在草原上奔驰。

"这可不公平!"丽娜喊。另一匹马因为被拴马索牵着,只能踢踏着马蹄原地转圈。丽娜抓住鬃毛,解开绳索,双脚蹬地,立刻跳到了正要飞奔出去的马的背上。

劳拉站在原地,眼睛一眨不眨地盯着看丽娜和约翰绕圈赛马,像印第安人一样号叫。他们趴在马背上,双手紧紧揪住飞扬的黑色鬃毛,古铜色的双腿紧紧夹住马的两侧,发丝在风中飞扬。马驹无比灵活地转弯、掉头,像天空中自由飞翔的鸟儿一样在草原上追逐嬉戏。这样快活的场景劳拉怎么看都不厌倦。

过了好一会儿,马驹朝她奔来,在她面前停住了,丽娜和约翰从马背上滑下来。

"来吧,劳拉。"丽娜大方地说,"你骑约翰的马。"

"谁让她骑我的马了?"约翰抗议,"你让她骑你自己的马。"

"你最好乖乖听话,不然我把你昨晚吓唬我们的事告诉妈妈。"

丽娜说。

劳拉抓住马驹的鬃毛,但是它又高又壮,比劳拉高多了。劳拉说:"我不知道我会不会骑,我从来没骑过马。"

"我扶你上马。"丽娜说。她一手扶在马的门鬃上,弯下腰,伸出另一只手让劳拉垫着脚翻身上马。

约翰的马似乎越变越大。它这么魁梧、强壮,好像随时都能把劳拉踩扁;如果从它高高的背上摔下去,一定会把骨头摔碎。劳拉心里害怕极了。

她踩在丽娜的手上,双手攀住马驹那温暖、光滑的身体。丽娜把她整个人往马背上送,然后劳拉终于跨上了马背。顿时劳拉眼前的一切开始快速移动,她模模糊糊地听见丽娜在喊:"抓住马的鬃毛。"

劳拉双手紧紧握住两大把鬃毛,胳膊肘和膝盖紧紧夹住马的身体,但是她浑身颠簸,颠得脑袋里一片空白。脚下的地面似乎遥不可及,她连看不都不敢看。每一刻她感觉似乎都要摔下去了,但是真要摔下去的时候,突然有一股力量把她向前抛,然后牙齿随着浑身抖动而咯咯咯地响。她听见丽娜在远处对她喊:"抓紧,劳拉!"

接着一切归为平稳的律动。这种律动蔓延到马驹身上,也蔓延到劳拉身上,让他们在呼啸的风中像一艘稳健的航船一样披荆斩棘。劳拉睁开了紧闭的双眼,低头一看,野草疾速向后飞驰。马驹黑色的鬃毛随风飞扬,她的双手紧紧地插在鬃毛里。她和马驹飞也似的向前奔,他们和谐得像一首悠扬的曲子,曲子不停,劳拉就会安稳地继续在马背上奔驰。

丽娜策马来到劳拉旁边。劳拉想要问她该怎么让马驹停下来,但是她没法说话。她看见了远处的棚屋,知道马跑回了营地。接着,又开始颠了,但是过了一小会儿,一切安静下来,劳拉发现自己稳稳当当地坐在马背上。

"我说得没错吧，骑马可有趣了。"丽娜说。

"为什么颠簸得这么厉害？"劳拉问。

"马小跑的时候就会颠簸。如果你不想让马小跑，想让它飞奔起来，你就朝它吆喝，像我那样。来吧，这次我们骑得远一些，好不好？"

"好啊！"劳拉回答。

"好嘞！抓紧喽！好了，开始吆喝！"

那真是一个美妙的下午。劳拉摔了两次，一次马驹的头撞到了她的鼻子，撞得她流鼻血了，不过她怎么也没松开手里的鬃毛。她的辫子松了，喉咙因为尖叫、大笑哑了；她的腿上也划出了道道伤痕，因为草叶尖尖的，十分锋利，而且她三番四次想要趁马驹快跑的时候跳上马背。她几乎能跳上马背了，但是还不麻利，于是把马驹惹怒了。丽娜和约翰总是让马先跑起来，然后翻身上马。他们俩你追我赶，比赛谁先攀上马背，谁先到达终点。

他们玩得忘乎所以，连多西亚姑妈喊他们吃晚饭都没听见。后来是爸爸走出门，大喊一声："吃晚饭啦！"他们才回过神来。他们回到屋里，妈妈看着劳拉，惊讶得目瞪口呆，然后柔和地说："说真的，多西亚，我真不知道劳拉什么时候变成印第安野孩子了。"

"她和丽娜是天生一对。"多西亚姑妈说，"唉，自从我们搬到这儿，丽娜还从没像今天下午这样玩过，夏天结束前，她也不能再这样玩了。"

向西部进发

第二天一早，全家人又都坐上了马车。因为马车里的东西之前没有卸下来，所以稍加收拾他们就出发了。

营地里只剩下多西亚家的棚屋，一片空荡荡的。原来工棚的地址上，草被踩踏得无精打采。测量员正在丈量土地，为筹建中的新城镇打桩。

"等海伊的工程定下来，我们就安顿下来。"多西亚姑妈说。

"我们银湖见！"丽娜大声对劳拉说。这时，爸爸嘴里发出喷喷喷的声音，吆喝马儿上路，车轮也滚动起来。

明媚的阳光照在敞开的马车上，清风凉爽，坐在马车上惬意极了。田野里时不时出现劳作的人，偶尔一队人马从他们身旁经过。

没过多久，道路随着起伏的山地上下蜿蜒。爸爸说："大苏河①就在前头！"

劳拉开始兴高采烈地对玛丽描述眼前的景致："道路向下沿着低岸延伸到河边，周围没有树木，只有辽阔的天空和草地，还有狭窄、水浅的小溪。不过发大水的时候它一定是一条大河，现在河水干涸了，显得比梅溪还小。涓涓溪流淌过一个个小水塘，干燥的鹅卵石绵延不绝，干涸的泥潭上裂出了无数道缝隙。现在马儿停下来

---

① 美国河流，源于美国南达科他州格兰特县，全长 676 公里。

了,它们要去河边饮水。"

"敞开肚子喝个饱吧!"爸爸对马儿说,"接下来的三十英里路上找不到水源了。"

小河对岸的草地高低起伏,道路也像波浪一样荡漾。

"这条路到草地那儿就断了,我们到了路尽头。"劳拉说。

"不可能,"玛丽说,"这条路是一直通到银湖的。"

"我知道。"劳拉回答。

"那么,我觉得你不应该像刚才那么描述。"玛丽温柔地说,"我们应该小心翼翼地把意思描述清楚。"

"我描述清楚了啊。"劳拉反驳,但是她没法对玛丽解释,欣赏事物的方式和描述它们的方式,其实有许多种。

过了大苏河,就看不到田地、房屋,也不见人的踪影。前方的确已经没路了,旁边的铁路地基也消失了,只有一条模糊不清的车轮印继续向前延伸。劳拉时不时瞥见掩藏在草丛里的零星木桩。爸爸说这些是测量员为筹建中的铁路线打下的木桩。

劳拉对玛丽说:"这个草原就像一个巨大的草坪,向四面八方蔓延,一直延伸到世界的边缘。"

万里无云的晴空下,一望无际的野草花像澎湃的海浪,这让劳拉产生了一种奇怪的感觉。但是她不知道该怎么描述这种感觉。她只是觉得坐在马车里的所有人、马车和马儿,就连赶车的爸爸,都显得那么渺小。

一整个上午,爸爸沿着模糊的车轮印平稳地驾车前行,周围的一切似乎一成不变。越往西去,他们似乎变得愈加渺小,目的地也似乎越来越模糊。风吹过草地,总是荡漾起一模一样的无边无际的涟漪,马蹄和车轮碾过草地,总是发出同样的声响。木板坐垫总是嘎吱嘎吱响，不停地颠簸。劳拉心想，他们大概会永远这样走下去，永远置身于这个一成不变的地方，却永远不知道身在何处。

只有太阳在移动，毫无疑问，太阳稳稳地爬上了天空。当它高悬在头顶时，他们停下车喂马，然后在干净的草地上吃午餐。

坐了一上午车，能在草地上休息片刻，真是舒服极了。劳拉回想起他们从威斯康星州到印第安保留区再回到明尼苏达州的一路上，有多少次在空旷的野外野餐。现在他们来到了达科塔保留区，一路西进。但是这一次的旅程感觉和以往的都不一样，不仅仅是因为这次马车没安车篷，车厢里没铺床铺，还有些别的原因。但是劳拉说不上来，只是觉得这片草原与众不同。

"爸爸，"劳拉问，"你要找到的宅地会和我们在印第安保留区的那块地一样吗？"

爸爸想了一会儿才回答。"不一样，"他说，"这个地方与众不同，我也不知道为什么，但是这里的草原与别处的不同，给人一种异样的感觉。"

"那是当然的，"妈妈淡然地说，"我们现在是在明尼苏达州的西部、印第安保留区的北部，自然花、草都不一样了。"

不过妈妈说的不是爸爸和劳拉心里想的。花、草其实没有多大区别，这里有些别的东西是其他地方没有的——是一种让人感觉静如止水的深沉的静谧。当你无比寂静的时候，又一波更深沉的静谧的感觉像潮水般涌来，把你紧紧裹住。

风刮过草丛时发出的声音、马儿咀嚼饲料的声音，还有一家人用餐、谈笑的声音，都无法穿破笼罩在草原上的这层厚重的静谧。

爸爸说起了他的新工作。到了银湖的营地，他就是公司的仓库管理员和工时记录员。他负责看管商店，记录工人的支出账目，再扣除他们的住宿费和在商店赊的账，就能清楚地算出他们的工钱。到了付工资的那天，出纳员拿来工资，爸爸就会把工资付给每一个工人。这些就是他的全部工作，干完这些活，他每个月就能领到五十美元。

"最好的是，卡罗琳，我们是第一批到达这里的人。"爸爸说，"我们可以好好地挑选宅地。哎呀，我们终于时来运转了！崭新的土地就在等我们，一整个夏天每月都有五十美元收入。"

"太好了，查尔斯。"妈妈说。

他们的谈话声飘荡在静谧的草原上，立刻被无边的静谧吞噬。

一整个下午他们一直在赶路，走了一英里又一英里，没看见一栋房子、一个人。映入眼帘的只有广阔无垠的草地和天空。道路模糊不清，只能通过被压弯、碾碎的青草辨识前行的方向。

劳拉看见了印第安人和野牛踏出的路，但老路已经深陷在地里，上面覆盖了一层青草。她还看见了奇形的洼地，洼地的四周堤岸竖得笔直，洼地的底部平坦得不起一丝褶皱。原来这里是以前野牛打滚的泥坑，如今长满了青草。劳拉从来没见过野牛，爸爸说很有可能她以后也不会见到了。不久前，这片土地上大概还有成千上万只野牛。它们是印第安人的牲畜，可是白人把它们全宰了。

草原向四周无边无际地延伸着，一直延伸到天际线。明媚的阳光里，风不停地吹拂着泛黄的野草。一整个下午，爸爸不停地向前赶路，一边欢快地吹口哨、放声歌唱。他最爱唱的一首歌是：

哦，快到这片土地上来，

不用害怕不用担心，
山姆大叔富得流油，
会给每人一大块农地！

就连幼小的格蕾丝也哼唱起来，虽然她唱着唱着就跑调了。

哦，来吧，来吧！
我说，来吧！
哦，来吧，来吧！
快来吧！
哦，到这片土地上来，
不用害怕不用担心，
山姆大叔富得流油，
会给每人一大块农地！

太阳西沉的时候，一个骑马人出现在了草原上，尾随着马车。他骑得不快，但是走了一英里又一英里，太阳愈来愈往下沉，他就靠马车越近。

"这里离银湖还有多远，查尔斯？"妈妈问。

"大概十英里。"爸爸回答。

"附近没有住户，是不是？"

"是的。"爸爸说。

妈妈没再说话，其他人也默不作声。他们不时地回头看一眼那个骑马人，每次他都离得更近了。毫无疑问他在跟踪他们，但似乎打算等到太阳下山才开始奋起直追。太阳越落越低，草原上低矮的小土丘间阴影幢幢。

每次爸爸回头一望后就会抖动手里的缰绳，催促马儿加快速度。但是拉车的马怎么跑得过单骑呢？

骑马人已经近在眼前了，劳拉看见他胯上的皮枪套里插着两把手枪，他的帽子拉得低低的，几乎遮住了眼睛，脖子上松松垮垮地围了一块红色方巾。

爸爸西行时也带了一把枪，只是现在不在马车上。劳拉想问爸爸枪在哪里，但是没开口。

她又回头看了一眼，发现有另一个人骑着一匹白马飞奔而来。他身穿一件红色衬衣。红衣人和白马落在远远的后头，遥不可见，但是他们的速度飞快，不一会儿就赶上了第一个骑马人，两匹马并行不悖。

妈妈低声说："现在有两个人了，查尔斯。"

玛丽害怕地问："怎么啦？劳拉，出什么事了？"

爸爸飞快地往后瞥了一眼，然后放下心来。"现在没事了，"爸爸说，"那是大个子杰瑞。"

"谁是大个子杰瑞？"妈妈问。

"他是法国人和印第安人的混血儿。"爸爸漫不经心地回答，"他是个赌徒，还有人说他是马贼，不过他可真是个好人。有杰瑞在，是没人敢抢劫我们的。"

妈妈惊讶地看着爸爸，嘴巴张了一下又闭上了，什么也没说。

骑马人来到了马车旁。爸爸挥了挥手，跟他打招呼："你好，杰瑞！"

"你好，英格斯！"大个子杰瑞回答。这时另一个骑马人凶巴巴地瞪了他们一眼，然后策马向前狂奔。大个子杰瑞跟在了马车旁。

他看上去很像印第安人，高大、魁梧、健壮，瘦削的脸庞泛着古铜色。衬衣红艳得像炽热的火焰。他没有戴帽子，策马飞奔的时候，黑色的直发抚过颧骨高高的脸颊。他骑的那匹雪白的马也没戴马鞍和辔头。那匹马是自由的，它可以随心所欲奔向它心仪的地方，但是它宁愿跟随杰瑞左右，杰瑞去哪儿它便去哪儿。马和人像是融为了一体。

他们伴着马车走了一程，之后以无比优美的姿态沿着一座小土丘驰骋而下，随着起伏的地势上下翻飞，最后朝着西方天际那轮红日一路奔去。烈焰般的红色衬衣和雪白的马渐渐消失在耀眼的金光中。

劳拉终于叹出了一口气。"哦，玛丽！那真是一匹雪白雪白的马。那个高个子古铜色的男人披着一头黑色的头发，穿一件亮红色的衬衣！周围是褐色的草原——人和马奔入了西沉的太阳里去了，他们会随着太阳跑到世界的尽头。"

玛丽想了一会儿，说："劳拉，你明明知道他是没法跑到太阳里去的，他只是和其他人一样在地上跑而已。"

劳拉没觉得自己编了傻话，她说的就是她看到的。一个狂野不羁的人骑着一匹自由自在的马奔向太阳的美丽场景，将永远珍藏在她心底。

妈妈依然担心另一个骑马人会埋伏在哪里等着抢劫他们，但是爸爸安慰她说："别担心！大个子杰瑞已经跑到前面找他去了，他会看着他，直到我们到达营地。有他在，没人敢骚扰我们。"

妈妈回头看了一眼，车厢里的姑娘们安然无恙。她把格蕾丝紧紧抱在膝头，不说话了。其实无论说什么也没有用。但劳拉知道，妈妈不想离开梅溪，不想现在身处无边无际的草原上，也不想在夜幕将至时跋涉在渺无人烟的陌生土地上，还有粗野的骑马人尾随。

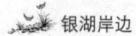

日光渐渐褪去的天空中传来野鸟的叫唤声。浅蓝色的天幕上飞过一条条黑色的线条——是排成一字形的野鸭，排成人字形的野鹅。领头的鸭鹅叫唤身后的同伴，它们的同伴纷纷用同样嘹亮的声音回答，于是整个天空仿佛响起了奏鸣曲："嘎？嘎！嘎！呱？呱！呱！"

"它们越飞越低，"爸爸说，"是准备到湖边过夜。"

前方分布着几个湖泊。天际线上飘荡的那条银色丝带就是银湖，在银湖南面闪闪发亮的两个小湖泊是双子湖，分别叫做亨利湖和汤普森湖。双子湖间的那丛黑色的阴影就是"孤树"。爸爸说这棵高大的三叶杨是大苏河和吉姆河之间唯一的一棵树。它长在双子河间的一块小土丘上，所占面积不及一条马路宽，但是因为它的根系深深地扎进湖底，所以长得枝繁叶茂。

"我们以后去取些它的树种，种在我们的宅地上。"爸爸说，"从这里看不到精灵湖，它在银湖西北九英里的地方。你瞧，卡罗琳，这里绝对是一个打猎的好地方。水源充沛、食物丰富，是野禽栖息的好地方。"

"是啊，查尔斯，我看到了。"妈妈说。

日暮西沉，太阳变成了一个透亮、搏动着的圆球，沉入到绯红色、银色的云块中。冷紫色的阴影从东方升起，缓慢地爬过草原，层层叠叠堆积成黝黑的天幕。耀眼的群星这时也低低地挂在了夜幕上。

吹了一整天的劲风随着太阳下山减弱了风势，只听得见高高的草丛里风儿在低语。大地静静地躺在夏日夜幕下，温柔地喘息。

低垂的星空下，爸爸继续向前赶着马车。马蹄踏在草地上，发出轻柔的吧嗒吧嗒的声音。遥远的前方几缕微弱的亮光刺破黝黑的夜色，那是从银湖营地散发出的光芒。

"接下来的八英里路就不用看车轮印了,"爸爸对妈妈说,"我们只要朝灯光的方向走下去就行了。我们和营地之间只有平坦的草原和清新的空气。"

劳拉又冷又累。那些微弱的灯光遥不可及,也许只是星光,因为整个夜空中闪烁的都是星星。头顶上方、茫茫四野,夜色中璀璨的星星织出了晶莹的图案。高高的野草摩擦着滚动的车轮,发出沙沙声。车轮不停地滚动,沙沙声也不绝于耳。

突然劳拉的眼睛猛地睁开了。前面出现了一扇敞开的门,门里洒出明亮的灯光。亨利叔叔从耀眼的灯光里走了出来,脸上笑意融融。他们一定是到了劳拉小时候住的大森林里,到了亨利叔叔家门口,不然亨利叔叔怎么会在这里呢。

"亨利!"妈妈惊讶地叫出了声。

"我想给你一个惊喜,卡罗琳,"爸爸大声说,"所以憋住没告诉你亨利也在这儿。"

"实在让我太惊讶了。"妈妈说。

接着另一个魁梧的男人走到门口迎接他们,他就是查理堂哥。他就是那个淘气的大男孩,在亨利叔叔和爸爸干活的燕麦地里捣乱,还被成群的小黄蜂蜇伤。"嗨,小丫头!嗨,玛丽!这是卡莉,已经长成大姑娘了,不再是小宝宝了,对吧?"查理堂哥把她们扶下马车,亨利叔叔抱起格蕾丝,爸爸扶妈妈下马车。这时,路易莎堂姐也来了。她忙着和她们打招呼、拎东西,招呼他们进屋里。

路易莎堂姐和查理堂哥都长成大人了。他们负责看管棚屋,为在铁路地基上的工人做饭。工人们早就吃过晚饭,去临时工棚里睡觉了。路易莎堂姐一边把晚餐从炉子上端起来,一边谈论他们的工作。

吃完晚餐后,亨利叔叔点了一盏灯笼,带他们去早就为爸爸搭

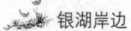

好的棚屋里。

"全是用新木材搭的,卡罗琳,既干净又清新。"亨利叔叔一边说,一边举起灯笼,照亮了崭新的木板墙和靠墙的架子床。一边的一张床是给爸爸和妈妈睡的,另一边的一张狭窄的上下铺是玛丽和劳拉、卡莉和格蕾丝的床铺。路易莎堂姐已经在床上铺好了被褥。

不一会儿,劳拉和玛丽就相互偎依着躺在了新鲜干草做床垫的床上了。爸爸吹灭了灯笼。

银湖

第二天清早,太阳还没升起,劳拉就拎着水桶到银湖边的浅水井里打水。银湖东岸鱼肚白的天际出现了金红色的朝霞,光芒洒在了银湖的南岸,也洒在了东北边高耸的堤岸上。

西北方的夜幕还没有褪去,银湖像是一块坠落在野草丛里的晶莹剔透的银子。

西南方的茂密草丛里响起野鸭嘎嘎的叫声,那里也是大沼泽地的源头。江鸥厉声尖叫,迎着晨风,飞过湖面。一只野鹅清脆地鸣叫了一声,从湖面上一跃而起,接着它的同伴们应着它的呼声,纷纷起飞,紧紧跟随在它身后。排成人字形的野鹅振翅而飞,飞向日出时分光芒璀璨的白色中。

东方,一束束金色的光芒射向高悬的天空中。明媚的光芒照耀了整个湖面,银湖波光粼粼。接着,太阳这个金色的圆球倏地从东方的天际一跃而出。

劳拉长长地叹了口气,匆忙拉起水桶,提着满满一桶水,飞快地跑回棚屋去。新造的棚屋孤零零地耸立在银湖岸边,在它的北边就是铁路工人住的工棚。在阳光的照耀下,棚屋泛着黄色的光芒,远远看去像是一栋藏在草丛里小屋子。屋顶朝一侧倾斜,看上去像是只搭了半个屋顶。

"我们一直在等你打水来,劳拉。"劳拉进门的时候妈妈说。

"哦,妈妈!日出太美了!你真该去看看日出!"劳拉激动地说,"我都舍不得离开呢。"

劳拉麻利地帮妈妈准备早餐,一边忙活一边向妈妈描述日出时的壮丽景观——太阳从银湖边升起,给天空抹上了五彩缤纷的色彩,灰黑色的成群野鹅飞过璀璨的天空,成千上万只野鸭栖息在湖面上,江鸥迎风尖叫着从湖面上一掠而过。

"我听见了它们的叫声。"玛丽说,"野鸟叽叽喳喳叫个不停,闹哄哄的。现在我全看见了,你描述出了一幅幅图画,劳拉。"

妈妈朝劳拉微笑,但是她说:"好了,姑娘们,我们今天有好多活要干。"然后妈妈布置了当天的任务。

所有的行李都要打开,中午前要把棚屋收拾干净。路易莎堂姐的被褥要拿到外面晒,然后归还给她。妈妈的棉布床垫要填上干净新鲜的干草。妈妈从公司的商店里买来了几尺花色鲜亮的印花棉布做帘子。妈妈做了一面帘子,挂在棚屋中央,把架子床遮在后面。然后她又做了另一面帘子,挂在两个架子床中间,这样就隔出了两个卧室,一个是爸爸妈妈的卧室,另一个是姑娘们的卧室。棚屋狭小,帘子几乎碰到了床沿,但是铺上了床垫、羽绒褥垫和拼布被子后,屋子一下子变得整洁明亮、温馨舒适。

帘子前就是狭窄的起居室了。烤炉放在了门边的角落里。妈妈和劳拉把翻板桌靠墙摆放,对着敞开的大门。玛丽和妈妈的摇椅放到了屋子的另一头。地上是光秃秃的泥地,残留着顽强的草根,但是被扫得几乎一尘不染。清风从门口吹进来,铁路线上的这栋棚屋变成了舒适的新家。

"这是另一种小木屋,只有半个屋顶,还没有窗户。"妈妈说,"不过屋顶很结实,我们也不需要窗户,因为从门口进来了那么多新鲜的空气和阳光。"

爸爸回来吃午餐时,看到一切整理得井井有条,布置得温馨舒适,不由得高兴极了。他捏了捏卡莉的耳朵,然后一下把格蕾丝举过头顶,只可惜屋顶太低,他没法把她抛到空中。

"那个陶瓷牧羊女放到哪里了呢,卡罗琳?"爸爸问。

"我没把她摆出来,查尔斯,"妈妈回答,"既然我们不打算在这儿长住,只是逗留一阵子等你找到宅地。"

爸爸笑着说:"我有大把的时间好好挑一块宅地!你瞧这一片茫茫的大草原,除了造铁路地基的工人,几乎渺无人烟,而等冬天一到,连工人们也回去了。我们到时就能挑一块合意的宅地了。"

"吃过午饭,"劳拉说,"玛丽和我打算出去走一走,看看营地、银湖和周围的景色。"她拿起水桶,没戴帽子就跑出去打洗碟子的水。

风一个劲地刮着。辽阔的天空中万里无云,大地一望无垠,只有草叶泛着粼粼的光。随风飘来人群的谈笑声和歌声。

筑路队正走在回营的路上。他们像组成了一个长蛇阵,越过草原。戴着马具的马儿肩并肩缓步朝前走。晒成古铜色的工人们裸露着胳膊,迈着流星大步。他们没戴帽子,有的穿蓝白色条纹衬衣,有的穿灰色衬衣,还有的穿浅蓝色衬衣。所有人都唱起了同一首歌。

他们就像一支行进在辽阔天空下、茫茫草原上的军队,歌声就是他们的军号。

劳拉站在劲风中,望着这群人马,听着他们嘹亮的歌声,直到最后一队人回到营地,又四散进低矮的棚屋里,歌声渐渐消逝,变成热烈的说话声。这时劳拉想起了手里的水桶,连忙飞快地打满一桶水,匆忙跑回家,跑得太快,水溅到了她的光脚丫上。

"我——看了一会儿——回营地的筑路队。"她气喘吁吁地说,

"人可真多啊，爸爸！所有人都唱起了歌。"

"好了，小丫头，先喘口气。"爸爸笑她，"五十队马车、七十五到八十人只是一个小营地。你该去看看更西边的斯坦宾的营地，那里有两百号人马。"

"查尔斯。"妈妈叫了一声。

往常妈妈轻柔地叫"查尔斯"时，大家都明白她的意思，但是这一次劳拉、卡莉和爸爸都诧异地看着妈妈，猜不透她的心思。妈妈朝爸爸微微摇了摇头。

然后爸爸盯着劳拉说："你们几个姑娘要离营地远远的。出门的时候别靠近干活的工人，还有，晚上他们回营地前，你们一定要赶回家里。修铁路地基的什么粗野的人都有，什么粗野的话也都会说。越少碰到他们，越少听到他们说话越好。现在你们要记住，劳拉，还有你，卡莉。"爸爸一脸严肃。

"记住了，爸爸。"劳拉答应。卡莉支吾着说："记住了，爸爸。"卡莉睁着大眼睛，流露出惊恐的神色。她不愿意听见别人说粗话，不管是什么粗话。劳拉倒是想听听，只听一次就好，但是当然她必须听爸爸的话。于是那天下午她们外出散步时，远远绕过了工人们的棚屋，沿着银湖岸朝大沼泽地走去。

银湖静静地躺在她们的左侧，湖水在阳光下闪闪发亮。风拂过碧蓝的湖面，泛着银光的波浪荡漾开来，轻轻拍打着湖岸。低矮的湖岸结实而干燥，只有零星的野草长在近水的地方。闪闪发亮的湖面的另一侧，劳拉看见了银湖的东岸和南岸高高耸立，和她一般高。东北面有一小块沼泽地与银湖相连，而野草密布的大沼泽地则向西南面蜿蜒。

劳拉、玛丽和卡莉沿着绿茵茵的湖岸慢慢地朝荒野一般的大沼泽地走去，银蓝色的湖水在她们脚边荡漾着涟漪。她们脚下的青草温暖、柔软。被风吹起的裙摆紧紧地裹着她们的光脚。劳拉的头发也被风吹乱了。玛丽和卡莉的太阳帽带牢牢地系在她们的下巴上，但是劳拉的太阳帽又耷拉在了后背，帽带挂在了脖子上。数不尽的草叶沙沙作响，汇成一曲浅吟低唱的调子。成千上万只野鸭、野鹅、苍鹭、鹤、鹈鹕的尖锐、刺耳的叫声在风中飘荡。

这些野鸟都在沼泽地的草丛里觅食，它们一会儿振翅高飞，一会儿落下歇息，在草丛里时而鸣叫传递消息，时而窃窃私语，时而欢快地啄食草根、柔嫩的水草和小鱼。

银湖通向大沼泽地的那侧湖岸越来越低，直至最终消失了。湖水汇入沼泽地，形成几个小池塘，池塘周围长满了五六英尺高、粗糙繁茂的野草。草丛间的小池塘泛着粼粼波光，水面上栖息着成群的野鸟。

劳拉和卡莉拨开草丛，突然有力的翅膀扑扇而起，圆鼓鼓的眼睛怒目而视。眨眼间，整个天空充斥着嘎嘎嘎、呱呱呱、咕咕咕的叫声。匍匐在地的野鸭、野鹅立刻迈开蹼脚，飞也似的越过草丛，滑向旁边的池塘。

劳拉和卡莉一动不动地站着。粗糙的野草高过她们的头顶，在风中发出刺耳的声音。她们的光脚慢慢地浸入淤泥里。

"哦，这里的泥土真柔软。"玛丽说着飞快地往回走。她不喜欢淤泥沾在脚上。

"往回走，卡莉！"劳拉大声说，"你会陷到淤泥里的！草丛里藏着小湖呢！"

柔软、冰凉的淤泥环绕着劳拉的脚踝，草丛间的小池塘在她眼前闪闪发光。她真想一直往前走，走到大沼泽地里，走到野鸟群里，但是她不能扔下玛丽和卡莉。于是她和她们一起走回坚硬、高耸的草地上。齐腰的青草在风中摇曳，低矮卷曲的野牛草连成片。她们从沼泽地边采来了红艳艳的卷丹百合，从高高的土丘上采来了紫色的长枝野牛草豆荚。蚱蜢从草丛里跳出来，像雨珠一样落在她们脚前。各种各样的小鸟唧啾着，扑扇着翅膀，在摇曳的草茎上飞上飞下。草原松鸡到处乱窜。

"哦，多么原始、多么美丽的草原啊！"玛丽欢快地叹了口气说，"劳拉，你戴太阳帽了吗？"

劳拉尴尬地拉起耷拉在脖颈的太阳帽。"戴着呢，玛丽。"她回答。

玛丽笑着说："你才戴上。我都听见了。"

临近傍晚，她们才往回走。斜坡顶小棚屋孤零零地耸立在银湖岸边，显得那么渺小。就连站在门口等她们的妈妈也显得渺小。妈妈用手遮在额头眺望她们，她们朝妈妈挥了挥手。

回家的路上，她们看到整个营地分布在她们家棚屋北边的湖岸边。坐落在最前面的是爸爸工作的商店，商店后面是一大间饲料店，再过去是马厩。马厩顶是用沼泽里的野草搭的，整个马厩像是草原上耸起的蒙古包。马厩后面就是工人们过夜的又长又矮的工棚。再后面是路易莎堂姐家开的伙食房，烟囱里正冒出缕缕炊烟。

接着，劳拉第一次看见了一栋房屋，一栋真正的房屋。它孤零零地坐落在银湖的北岸。

"不知道那是栋什么样的房屋，房屋的主人是谁。"她嘀咕着，"它看着不像是移民建在宅地上的屋子，因为没有马厩，也没有农田。"

她把自己看到的全说给了玛丽听。玛丽说："这个地方多美啊，有干净、清新的棚屋，有一大片草地，还有美丽的湖泊。别费心想那栋屋子啦，我们问问爸爸就知道了。听，又有一群野鸭飞来了。"

一群群野鸭、一排排野鹅从空中飞下来，准备在湖面上过夜。这时也传来了回营地的工人们嘈杂的声音。妈妈守在门口，等着她们回到她身边。她们身上带着和煦的阳光和清新的风的气息，还带回来一大束卷丹百合和紫色的豆荚。

卡莉把花插进水壶里，劳拉开始摆晚餐的桌子。玛丽把格蕾丝抱在膝头，坐进摇椅里，给她讲大沼泽地里嘎嘎叫的野鸭和准备在湖里过夜的成群野鹅。

盗马贼

有一天晚上吃晚餐时,爸爸十分沉默,问他才开口支吾几句。最后妈妈问:"你哪里不舒服吗,查尔斯?"

"我很好,卡罗琳。"爸爸回答。

"那么出什么事了?"妈妈问。

"没事,"爸爸说,"你别担心。嗯,是这么回事,工人们放话说,今天晚上要抓到盗马贼。"

"那是海伊的事,"妈妈说,"我希望你让他管。"

"别担心,卡罗琳。"爸爸说。

劳拉和卡莉看了对方一眼,然后看了看妈妈。过了一会儿,妈妈柔声柔气地说:"我希望你别插手,查尔斯。"

"大个子杰瑞来了营地。"爸爸说,"他在这儿待了一个礼拜,现在走了。工人们说他和盗马贼是一伙的,还说每次杰瑞去了哪个营地,等他一离开,最好的马就被偷了。他们说他留在这里这么久就是为了挑出最好的马,弄清楚马厩的位置,然后深夜时和他的团伙一起神不知鬼不觉地把马偷走。"

"我一直听说混血儿是不值得信任的。"妈妈说。妈妈不喜欢印第安人,就连有一半印第安人血统的人也不喜欢。

"要不是纯种印第安人的帮助,我们早就在弗迪格里斯河[①]上被

[①] 源出美国堪萨斯州恩波里亚西南方的河流,东南流进俄克拉荷马州汇入阿肯色河,全长 562 公里。

割了头皮了。"爸爸说。

"要不是这些成天咆哮的野人,我们也不会遇到那种危险。"妈妈说,"他们居然腰上裹着刚扒下来的臭鼬皮。"然后妈妈的喉咙里发出一个奇怪的声音,就像她又闻到了臭鼬皮的味道。

"我不相信杰瑞会偷马。"爸爸说。但是劳拉觉得听爸爸的口气,他也不能十分肯定。"其实真正的麻烦是,他总在发工资的第二天来,然后在赌桌上赢走工人们的钱,所以有些人恨不得一枪把他打死。"

"海伊怎么能允许赌博?"妈妈说,"如果有什么事情和醉酒一样邪恶,那就是赌博。"

"他们不想赌的话,没人逼他们赌,卡罗琳。"爸爸说,"就算杰瑞赢了他们的钱,那也是他们自己的错。在这个世界上,没有比大个子杰瑞还要心善的人了。他愿意为朋友两肋插刀,你看他是怎么照顾老乔尼的。"

"那倒是。"妈妈承认。老乔尼是营地上的送水工,这个爱尔兰老头又瘦又小,还驼着背。他在铁路上工作了一辈子,现在年纪大了干不动了,于是公司给他安排了送水的工作。

每天早晨和午饭过后,老乔尼就会到井边,灌满两只大木桶。水桶装满后,他就把扁担横在肩膀上,弯下腰,让扁担两头链条上的钩子钩住水桶,然后呻吟着慢慢直起身子。重重的水桶被链条拉离地面,重量全压在他的肩膀上,他伸出双手稳住晃动的水桶,然后迈开小步,艰难地往前走。

两只水桶里都放了一把长柄勺。老乔尼给筑路的工人们送水时,都会走到他们身旁,这样口渴的工人不用停下手里的活就能喝上水。

老乔尼又瘦又小,像是干枯弯曲的柴火,脸上爬满了皱纹,但是他的蓝眼睛总是快活地闪烁着。他总是尽力快步小跑,不让口渴的工人久等。

一天早晨早餐还没吃,大个子杰瑞来到门前,告诉妈妈说老乔尼病了一夜。

"他太瘦太老了,夫人,"杰瑞说,"伙食房里的饭菜他吃不下去。您乐意给他一杯热茶、一点早餐吗?"

妈妈在盘子上放了几块热的小饼干,又在饼干边上放了煎土豆饼和一片松脆的煎咸猪肉,然后又往一只小锡皮桶里倒上热茶,然后把这些东西端给大个子杰瑞。

吃完早餐后,爸爸去工棚看望老乔尼。他回来告诉妈妈杰瑞照顾了老乔尼一整夜。乔尼说杰瑞怕他冷,把他自己的毯子盖在他身上,宁可自己受冻。

"他像照顾自己的父亲一样照顾老乔尼。"爸爸说,"在这件事上,卡罗琳,与他相比,我们应该心存愧疚。"

这时,他们都想起了那天夕阳西下时,他们被陌生人跟踪,是大个子杰瑞骑着白马越过草原送了他们一程。

"好了,"爸爸慢慢站起来,"工人们要来买装枪的火药了。我希望杰瑞今天晚上不要回营地。如果他来看望老乔尼,把马拴进马厩的话,就会挨枪子。"

"哦,不,查尔斯,他们不能这么做!"妈妈大声说。

爸爸戴上了帽子。"那个到处散布谣言的人已经打死了一个人,"爸爸说,"他以自卫为理由为自己开脱,不过还是在联邦监狱服了一个刑期。上个月发工资的那天,大个子杰瑞把他修理了一顿。他是没胆量光明正大地和杰瑞斗的,但是他要是逮到机会一定会暗中伏击杰瑞。"

爸爸去了商店,妈妈开始收拾餐桌。劳拉一边洗碟子,一边想起大个子杰瑞和他的白马。有很多次,她看见他们在草原上驰骋。大个子杰瑞总是穿一件鲜艳的红衬衣,从不戴帽子,他的白马也从来不扎皮带。

爸爸从商店回来时天色已经晚了。他说六个持枪荷弹的工人已经潜伏在马厩周围。

睡觉的时候到了,营地里没有一丝火光,低矮的棚屋趴在地面上,黑漆漆一片几乎什么也看不清,除非定睛细看,才能模糊看到棚屋黑乎乎的影子。黑丝绒一样的天幕上,星星一闪一闪。星空下,银湖泛着丝丝星光,黑黝黝的草原环绕在湖的四周。夜风像是在哆嗦着低语,野草像是因为恐惧而发出沙沙沙的声响。劳拉看了一会儿,听了一会儿,然后打着哆嗦飞快地回到棚屋里。

帘子后面,格蕾丝已经睡熟了,妈妈在照料玛丽和卡莉上床。爸爸挂起帽子,坐在了长凳上,但是他没有脱靴子。劳拉进屋的时候,爸爸抬起头看了她一眼,然后他站起来,穿上了外套。他扣上了所有的扣子,竖起了衣领,不让里面的灰色衬衫露出来。劳拉什么也没说。爸爸戴上了帽子。

"别等我,卡罗琳。"爸爸爽朗地说。

妈妈从帘子后面走出来时,爸爸已经出去了。妈妈走到门口向外张望,爸爸的身影已经消失在夜色里了。过了一会儿,妈妈转过身,说:"该睡觉了,劳拉。"

"求你了,妈妈,让我等等爸爸。"劳拉央求。

"我想我是不睡了,"妈妈说,"暂时不睡了。我一点儿也不困。不困的话躺在床上也没用。"

"我也不困,妈妈。"劳拉说。

妈妈调小了灯芯,吹灭了火苗,坐进了那把在印第安保留区时爸爸为她打的胡桃木摇椅里。劳拉光着脚丫子,蹑手蹑脚地穿过屋子,坐在了妈妈身旁。

她们在黑漆漆的屋子里坐着,仔细听外面的动静。劳拉听见耳朵里响起轻微的嗡嗡嗡的声音,像是耳膜跳动时发出的声响。她听见了妈妈的呼吸声,熟睡的格蕾丝平缓的呼吸声,躺着没睡着的玛丽和卡莉略微急促的呼吸声。门口吹来一阵风,帘子轻轻飘动,发出轻微的声响。屋外穹窿般的天幕笼罩在大地上,黝黑的大地尽头挂着几颗孤星。

屋外一片寂静,只听得见风的叹息声、草叶的摩挲声和细碎的波浪无休止拍打湖岸的声音。

突然黑暗中传来尖锐的叫声,吓得劳拉浑身一颤,几乎失声尖叫。原来是离群的野鹅在呼唤同伴,随后沼泽地里响起野鹅回应的叫声和被惊醒的野鸭的叫声。

"妈妈,让我出去找找爸爸吧。"劳拉低声说。

"安静点。"妈妈说,"你找不到爸爸的,他也不让你去找他。别出声,爸爸会照顾好自己的。"

"我想做点什么,总比坐在这里好。"劳拉说。

"我也想。"妈妈说。黑暗中妈妈的手温柔地抚摸着劳拉的头。"风和阳光风干了你的头发,劳拉。"妈妈说,"你一定要多梳梳头,每天晚上上床前梳一百下。"

"好的,妈妈。"劳拉低声回答。

"我和你爸爸结婚的时候,我留着一头漂亮的长发,"妈妈说,"辫子长到腰际。"

然后妈妈没再说话,只是继续抚摸劳拉粗糙的头发,和劳拉一起留神听外面是否响起了枪声。

黑漆漆的门框边有一颗硕大的星星在一闪一闪。时间一分一秒地流逝,星星也在移动。它慢慢地从东方移到了西方的天幕,几颗小星星更缓慢地绕着它转。

突然劳拉和妈妈听见了脚步声,眨眼间星星被遮住了,爸爸站在了门口。劳拉跳了起来,妈妈却紧张地瘫在了椅子里。

"还没睡啊,卡罗琳?"爸爸说,"嗯,没必要等我,没出事。"

"你是怎么知道的,爸爸?"劳拉问,"你怎么知道大个子杰瑞——"

"别担心,小丫头!"爸爸快活地说,"大个子杰瑞没事,他今天晚上不会到营地来了。如果早上他依旧骑着白马出现的话,我也不会惊讶。好了,上床吧,趁日出前睡一会儿。"爸爸爽朗的笑声

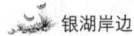

像钟声一样。"明天早上会有一群睡眼惺忪的人在地基上干活。"

劳拉在帘子后脱衣服时,爸爸在帘子的另一边脱下靴子,她听见爸爸低声对妈妈说:"最好的是,卡罗琳,银湖营地再也不会有马被偷了。"

那天清晨,劳拉果然看见大个子杰瑞骑着白马从棚屋前经过。他跟在商店忙活的爸爸打招呼,爸爸朝他挥挥手。然后大个子杰瑞策马奔腾,朝工地奔去。

从那以后,银湖营地再也没有丢过马。

美妙的下午

每天清早，劳拉洗早餐碟子的时候，从敞开的门口朝外望，总能看见工人们走出伙食房，到马厩里牵马。紧接着响起一阵安装马具的声音、嘈杂的说话声和叫喊声，然后一大队人马就出门干活去了，营地里又变得一片静悄悄。

日子一天天过去，每一天都很忙碌。星期一，劳拉帮妈妈洗衣晒衣。明媚的阳光下，风一吹，衣物就干了，还散发着清香。星期二，她在衣物上洒上一点点水，帮妈妈把它们熨烫平整。星期三，她做些针线活，虽然她并不喜欢做这些。玛丽在学习不用眼睛看就能做针线活。她灵巧的手指已经能把边缝得十分漂亮，如果替她搭配好布块的话，她还能缝出拼布被子。

中午一大队人马回来吃午餐，营地又喧闹起来。爸爸也从商店回来，一家人坐在狭窄的棚屋里用餐。屋外草原上强劲的风吹拂着低矮的棚屋，一望无垠的草原高低起伏着向天际线延伸。草原渐渐变了颜色，从棕色变成黄褐色，又变成棕褐色。夜里风越刮越冷，越来越多的野鸟向温暖的南方飞去。爸爸说冬天很快就要来了，但是劳拉没有觉察到。

她想知道工人们在哪里干活，他们是怎么造铁路地基的。她只看见每天早晨他们走出营地，每个中午和晚上回到营地，还有就是西边黄褐色的草原上扬起的漫天尘土。她真想去看一看工人们修铁路的场景。

一天,多西亚姑妈来到营地,牵来了两头牛。她说:"我让奶牛自个儿揣着牛奶来了,查尔斯。只有这个办法弄到牛奶了,附近没有养牛的农户。"

其中一头奶牛是给爸爸的。它是一头漂亮的红色奶牛,名叫艾伦。爸爸把它从多西亚姑妈的马车上解下来,把缰绳递给劳拉。"给,劳拉。"爸爸说,"你是大姑娘了,会照顾好它的。把它带到水草茂盛的地方,记得拴牛索要插得牢牢的。"

劳拉和丽娜把两头牛拴在一起吃草。每天早晨、傍晚她们一起放牛,带牛去湖边饮水,牵它们去吃嫩草,然后一边挤奶一边唱歌。

丽娜会唱好多支新歌,劳拉一听就会唱了。当乳白色的牛奶流进亮闪闪的锡皮桶时,她们一起唱了起来:

> 海浪里的生活,
> 巨浪里的家园,
> 蝌蚪晃动起它们的尾巴,
> 热泪从它们的脸颊上滚下。

有时候丽娜唱得很轻柔,劳拉也跟着轻轻哼唱。

> 我不愿意嫁给农夫,
> 因为他总是和泥巴打交道,
> 我宁愿嫁给铁路工人,
> 他爱穿条纹衬衫!

但是劳拉喜欢唱华尔兹曲,她最爱唱《扫帚歌》,尽管唱的时候为了增强节奏感,要重复许多遍"扫帚"。

> 卖扫帚、卖扫帚、卖扫帚喽!
> 卖扫帚、卖扫帚、卖扫帚喽!
> 从我这个流浪的人儿这里买把扫帚吧!
> 用它掸掉烦扰你的蚊蝇,
> 无论白天黑夜,
> 这把扫帚都是你的好帮手!

奶牛安静地站着,咀嚼嘴里的食物,仿佛它们在听姑娘们唱歌,等她们把奶挤完。

然后劳拉和丽娜拎起温暖香甜的牛奶,走上回棚屋的小路。清晨,工人们从工棚里出来,在门边长凳上的脸盆里洗漱梳理。这时,太阳升到了银湖上。

傍晚太阳下山时,天空渲染着红色、紫色、金色的晚霞,大队人马沿着草原上踏出的尘土飞扬的小路,唱着歌回营。丽娜飞快地奔回多西亚姑妈的棚屋,劳拉也回到家里。她们要趁奶油浮起来前过滤牛奶,并帮妈妈准备晚餐。

丽娜要帮多西亚姑妈和路易莎堂姐做一大堆活,压根儿没时间玩了。劳拉的活虽然不重,但也够她忙的了,所以她们俩除了挤奶时平时连面都见不上。

"要是爸爸没把黑马驹赶到地基上干活,"一天傍晚,丽娜说,"你猜我会干什么?"

"不知道,你要干什么呢?"劳拉问。

"嗯，如果我能溜出去，如果有马骑，我们就去工地看看。"丽娜说，"你想去吗？"

"嗯，想去。"劳拉回答。不过她没纠结这样做是不是违背了对爸爸的承诺，因为反正她们现在无论如何也去不了。

一天吃午饭时，爸爸突然放下茶杯，抹了抹嘴巴，说："你问的问题太多了，小丫头。两点钟，戴好帽子，到商店里来。我带你出去，让你亲眼看一看。"

"哦，爸爸！"劳拉惊讶地大叫。

"好了，劳拉，别激动。"妈妈静静地说。

劳拉知道自己不该大叫，于是压低声音问："爸爸，丽娜能一起去吗？"

"这个问题我们待会儿再说。"妈妈说。

爸爸去商店后，妈妈态度严肃地跟劳拉说话。妈妈说她希望她的女儿们行为举止优雅、说话柔声柔气，永远像淑女一样端庄。除了在梅溪边的一小段日子，他们一直住在粗俗、野蛮的地方，现在还搬到了更加野蛮的铁路营地，而且这个地方要过上一段时间才能变得文明。所以妈妈认为他们最好少和其他人往来。她希望劳拉离营地远远的，不要结识营地里那些粗鲁的工人。这一次，劳拉可以跟爸爸悄悄地去工地看一看，但是必须像淑女一样温文有礼，而且必须记住淑女是绝对不会做出格的事情，引起别人注意的。

"记住了，妈妈。"劳拉说。

"还有，劳拉，我不希望你带丽娜一起去。"妈妈说，"丽娜是个能干的好姑娘，但是她性子太烈了，多西亚没管束好她。如果你非要去看那些在尘土里干活的粗人，那么就悄悄地跟爸爸去，悄悄地回来，什么也别说。"

"知道了,妈妈。"劳拉说,"但是——"

"但是什么,劳拉?"妈妈问。

"没什么。"劳拉回答。

"我不知道你为什么那么想去。"玛丽说,"待在屋子里多惬意啊,或者到湖边走走也不错。"

"我就是想去看看,看看他们是怎么修铁路的。"劳拉说。

劳拉出门时牢牢地系上了太阳帽。商店里只有爸爸一个人。他戴上宽边帽,锁上店门,和劳拉一起走上了草原。晴朗的天空万里无云,草原像一面宁静的湖水。但是过了一会儿,小土丘跃入眼帘,遮住了营地的棚屋。广阔的草地一望无垠,只看得到积满泥尘的小路和路旁的铁路地基。前方天际扬起一股尘土,又立即被风吹散了。

爸爸按住帽子,劳拉低下了头,帽檐随风拍动。他们缓慢地又向前走了一会儿,然后爸爸停下脚步,说:"到了,小丫头。"

他们这时站在了一座小土丘上,眼前的铁路地基戛然到了终点,工人们赶着拉犁的马正在向西开垦道路,割开了一大块草皮。

"他们是用犁造路的?"劳拉问,好像她从来没有想到过人们会用犁在这片从没开垦过的土地上造起一条铁路。

"还有铲斗。"爸爸说,"你看,劳拉。"

在新开垦出的长条地块上,人和马在来回缓慢地走动,马身后拖着一个又大又深的铁铲,那就是铲斗。

铲斗上没有装长柄,而是安了两个短的把手。一个半圆形的铁环箍在铲斗两旁,用来套在马背上。

当一个工人牵着马来到刚犁过的地块上时,另一个人抓住铲斗的把手,拎起铲斗,让铲斗口插进松软的泥土里。马向前拉时,泥土就装进了铲斗里。接着那个工人松开把手，铲斗安稳地趴在地上。马把装满泥的铲斗一直拉到地基旁。

然后赶马的人抓住铲斗的把手，把铲斗翻了个底朝天，于是泥土全落在那里，随后马拉着空铲斗走回刚才犁过的地上。

接着另一个人抓住铲斗的把手，拎起铲斗，让铲斗口插进松软的泥土里，直到铲斗里装满了泥土。然后铲斗跟在马身后，掉头爬上地基的斜坡，再次翻跟头般地把泥土倒出来。

一队队人马在开垦的地面上来回走动，泥被装进铲斗里，又被倒出来，这样不停地运转。

松软的泥土从犁过的地面上被清除后，铲斗队就绕到前面新开垦的地段上，而犁地队又回到清理过的地段再次往深处开垦。

"这一切像上了发条一样，"爸爸说，"瞧，没人闲着，也没人手忙脚乱。"

"一个铲斗装满后，另一个铲斗立刻替上来，铲斗操作工只要抓起铲斗，让泥土填进去。铲斗队不用等犁地队，犁地队向前开垦出新的路段后又回来犁清理过的地面。他们干得真不错！弗莱德是个好工头！"

这时弗莱德正站在堆起的土堆上看着铲斗队来来往往，还有犁地队犁完一段后继续向前推进。他看着铲斗翻转，泥土簌簌落下，他点一点头或者说一两句话，指示工人把铲斗里的泥土倒在哪个地方，这样地基就会被堆得平整、笔直。

每六组人马配有一位监工，他什么也不用做，只负责站着观察。看到哪组队伍慢了，他就催促赶马的人快一点。哪组队伍太快了，他就告诉赶马人，赶马人就会放慢马的速度。此外，人马的分布也必须十分均衡，这样一来，他们才可以平稳有序地穿梭在开垦过的路面和地基之间。

三十组人马、三十台铲斗、四匹马组成的犁地队和犁具,还有赶马人、铲斗操作工,在开阔的草原上各就其位,按部就班地穿梭往来,就像爸爸说的像是上了发条一样严谨精准。尘土漫天的铁路地基上,工头弗莱德像乘风破浪的船长,镇定自若地指挥着这支庞大的队伍。

这样的场景劳拉百看不厌,但是再往西还有更多可看的场景。爸爸说:"来吧,小丫头,去看看他们是怎么铲土填土的。"

劳拉和爸爸沿着车轮印向前走,被车轮碾过、枯萎的野草像干草一样躺在泥路上。往西越过一座小土丘,许多工人在另一段铁路地基上干活。

土丘下的洼地里,工人们正在填土,而再往前的高地上,工人们正忙着开凿道路。

"你瞧,劳拉,"爸爸说,"地势低洼的地方,要垫高地基,地势高的地方需要开凿,这样才能造出平坦的地基。铁路地基一定要平整,火车才能在上面跑。"

"为什么呢,爸爸?"劳拉问,"火车为什么不能爬上土丘呢?"草原上的土丘矮矮的,劳拉觉得为了让地基平整而填土开山似乎是在浪费劳力。

"不,这样做会在以后节省劳力的。"爸爸说,"不用我说,劳拉,你应该自己想得明白。"

劳拉明白平坦的道路能节省马的力气,但火车可是一匹永远不会累的铁马啊。

"嗯,但是火车燃烧煤炭啊。"爸爸说,"煤炭是从矿山里开采出来的,采矿是要花劳力的。比起上坡下坡,在平地上跑时,火车

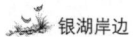

发动机燃烧的煤少。所以你瞧，现在看起来建造平坦的地基既花劳力又花钱，但是以后就会省钱省力了，省下来的劳力和钱还能用来造别的东西。"

"什么，爸爸？什么别的东西？"劳拉问。

"更多的铁路啊。"爸爸回答，"我敢肯定你会看到一个崭新的时代，劳拉，几乎所有人都能乘上火车，不再有人乘马车了。"

劳拉想象不出会有无数铁路线覆盖在这片土地上，人人富裕得坐得起火车。但是她没空好好想这件事，因为他们爬上了一块高地，从那里能望见开山填土的工人们。

草原的土丘那一头上，犁地和铲斗的队伍正在挖掘一条宽宽的沟渠。拉着犁的队伍在上面来来回回犁地，拖着铲斗的队伍绕了一圈又一圈，两个队伍配合得十分和谐。

这里的铲斗队不是绕圆圈走的，而是沿着回形针的轨迹从一头进去，然后从另一头出来。挖出来的泥倒在路旁。

挖掘出来的泥土被堆在开凿的山丘一头的一条深沟里。深沟的两岸铺上了厚木板，顶上架起了一个平台。平台中央有一个洞，深沟两岸的泥土被堆高，形成了与平台齐平的道路。

铲斗队带着满载了泥土的铲斗从山丘里一个接一个稳稳当当地出来，然后爬上泥土堆，穿过平台。经过平台上的洞时，两匹马从两旁绕过去，赶马人把铲斗里的泥倒进洞里。然后他们稳步走下陡峭的沟岸，绕回到山丘里，继续铲土。

与此同时，平台的洞底下，一队队马车也在忙碌。每次铲斗把泥土从洞里倾倒下去时，一辆马车就已经在洞底下等着了。五铲斗的泥土被倒进马车里后，马车就向前移动，后面的马车紧跟着来到洞底下，等着接住从洞里倒下的泥土。

一队队马车从泥土倾倒处出来后,爬上通往山丘的高高的铁路地基,然后把泥土倒在地基上,增加地基的长度。马车没有车厢,只是用厚木板搭成了平板。每次赶车人都要掀翻平板才能把泥土倒下去。倒完泥土,他就赶着空车回到沟渠,载满泥土后再回到地基上,循环往复。

犁地、铲土、倒土、开凿山丘,都会扬起尘土。时不时一股尘土就从地上腾起,蒙了热汗淋漓的人身上、马身上。工人们的脸和胳膊被太阳晒得黝黑,积满了灰尘。蓝色、灰色的衬衫上全是汗渍和泥灰。马的鬃毛、尾巴、毛发上也全布满了灰尘,马肚子上沾满了泥浆。

犁地队来来回回犁路面,铲土队平稳地进出山洞,运土队在地基和泥土倾倒处之间来回。山丘被越挖越深,铁路地基越筑越长,各个队伍有条不紊地进行着各自的工作,一刻也不停止。

"他们不会出一点儿差错。"劳拉惊叹道,"每次铲斗倒土的时候,底下就有马车接住泥土。"

"那是工头指挥得当,"爸爸说,"他让工作队配合默契,就像一起弹奏一支曲子一样。你观察一下他们,就知道他是怎么指挥的了。这活儿干得真棒!"

土丘顶上、地基上、人马行进的路上,站着几个工头。他们监督着人马,催促他们及时行进。他时而命令一队人马放慢速度,时而又催促另一队人马加快脚步。没有哪队人马需要停下来等着的,也没有哪队人马来不及赶到他们该到的位置上。

这时,劳拉听见一个工头在土丘顶上大声喊:"伙计们,加快一点!"

"你瞧,"爸爸说,"快到收工的时候了,队伍有些懈怠了。不过这逃不过好工头的眼睛。"

爸爸和劳拉看着稳步移动的工作队，铁路地基越筑越长，转眼间一整个下午就过去了。爸爸该回商店了，劳拉也该回棚屋了。她最后一次久久地看了一眼工地，然后转身往回走。

回家的路上，爸爸指给劳拉看地基桩上的数字。插在土里的地基桩排成一直线，测量员用它们来标识铁路地基的位置。桩上的数字告诉筑路队地势低洼的地方地基要筑多高，以及山丘应该挖多深。当这里还是一片人迹罕至的荒地时，测量员就已经丈量了土地，并精确地标识了地基的参数。

在修建铁路之前，一定是有人先有了这个想法，然后测量员来到这片空旷的土地上，为一条只存在于某人头脑中的铁路测量各种数据。然后犁地队来到这里割开草皮，然后铲土队挖起泥土，运土队赶着马车运走泥土。这些人都说他们在铁路上工作，但是那时铁路的影子都还没有呢。眼睛能看见的就只是草原土丘上挖出的凹地，一段段狭窄短小的铁路地基。这些地基也只不过是一条条土垄，横亘在大草原上，向西部延伸。

"地基堆好之后，"爸爸说，"铁铲队会带着手铲来，用手铲夯平地基岸和地基顶。"

"然后就能铺上铁轨了。"劳拉说。

"没这么快，小丫头。"爸爸笑着说，"先要把枕木运到这里，在地基上铺上枕木，然后才能铺铁轨。罗马不是一天建成的，铁路也不是一天建成的，任何珍贵的东西都不是一蹴而就的。"

太阳渐渐西沉，草原上的土丘在东侧拉出了长长的影子。成群的野鸭和排成人字形的野鹅滑过暗淡的天幕，纷纷落到银湖里，准备过夜。不含一丝尘烟的清风拂过，劳拉让太阳帽滑到后背，这样她就可以让风拂过她的脸蛋,也能环顾整个草原了。

现在这里还见不到铁路,但是总有一天,长长的铁轨会躺在地基上,穿过山坳,火车会冒着蒸汽和黑烟,呼啸而来。劳拉的眼前仿佛真的出现了铁轨和火车。

突然她问:"爸爸,第一条铁路就是那样造出来的吗?"

"你说什么?"爸爸问。

"有铁路是因为还没有铁路的时候有人先想到了铁路吗?"

爸爸想了一下。"没错。"他说,"是的,人们先想到了一样东西,然后才把它变成真的。如果许多人都在构想同一样东西,然后投入足够多的精力,外在条件允许的话,它很快就会变成现实。"

"那栋屋子是干什么用的,爸爸?"劳拉问。

"哪栋屋子?"爸爸问。

"那栋屋子,那栋真正的屋子。"劳拉指着说。她一直想问问爸爸银湖北岸那栋孤零零的屋子,可总是忘了问。

"那是测量员住的屋子。"爸爸说。

"他们现在住在里面吗?"

"他们来了又走了。"爸爸说。这时他们已经走到了商店门前。"快回家吧,小丫头,我还要记账簿呢。现在你知道铁路地基是怎么造出来的了,记得讲给玛丽听。"

"哦,我会的,爸爸。"劳拉答应,"我会把每个细节都讲给她听。"

劳拉绘声绘色地描述了工地的场景,但是玛丽只说:"我真搞不懂,劳拉,你干吗要去看那些在尘土里干活的粗人,待在整洁舒适的棚屋里不是更好吗?你到处乱逛的时候,我又缝好了一条拼布被子。"

但是,劳拉脑海里全是晴朗的午后,人和马有条不紊地劳作的忙碌场景,她几乎能哼唱出他们劳动时的调子。

发工资的日子

两个星期一晃眼就过去了。最近每天吃完晚餐,爸爸都在商店后面狭小的办公室里埋头干活。他在算工人们的工资。

他从工时记录簿上数出每个工人工作的天数,算出他该得的工资,然后再算出他在商店里的欠款,再加上食宿开销,把这笔钱从他的工资里扣除,剩下的就是他应得的工资了。

在发工资的那天,爸爸就会把每个人的工时记录单和工资交到他手里。

劳拉一直是爸爸的好帮手。她很小的时候,在大森林里,她就帮爸爸往枪膛里装子弹;在印第安保留区,她帮着爸爸造小木屋;到了梅溪边,她帮爸爸做杂务、收干草。但是现在她插不上手了,因为爸爸说铁路公司只允许他一个人在办公室里干活。

不过她知道爸爸一天到晚在商店里忙什么,因为从棚屋的门口就能把商店看得一清二楚。她看得见每一个进出商店的人。

一天早晨,劳拉看见一辆马车飞奔到商店门口,一个衣着考究的男人飞快地跳下马车,急匆匆地走进商店。另外两个人守在马车里,时而牢牢地盯着商店门口,时而紧张地环视四周。

过了一小会儿,第一个男人从商店里出来,跳上马车。他们又朝四周望了一眼,随后飞快地驾车离开了。

劳拉跑出棚屋,朝商店奔去。她肯定商店里出事了,心咚咚咚狂跳。当她看见爸爸安然无恙地从店里走出来,一颗悬着的心才落了回去。

"你去哪里,劳拉?"她跑出门时,妈妈在她身后大声问。这时劳拉才回答:"哪也不去,妈妈。"

爸爸走进棚屋,推上门,然后从口袋里掏出一个沉重的帆布包。

"请你保管好它,卡罗琳。"爸爸说,"这里是工人们的工资。谁要是想偷这笔钱一定会溜进办公室的。"

"我会保管好的,查尔斯。"妈妈说。她用一块干净的布裹好帆布包,然后埋进一袋面粉里。"没人会想到钱藏在了面粉袋里。"

"是那个人拿来的吗,爸爸?"劳拉问。

"是的,他是出纳员。"爸爸说。

"跟随他的那两个人很害怕。"劳拉说。

"哦,我可不这么看。他们是保护出纳员免遭抢劫的。"爸爸说,"他随身带了几千美元现金,用来支付营地所有工人的工资,说不定有人想打这笔钱的主意。不过他们身上和马车上都藏着枪,没必要害怕。"

爸爸转身回商店的时候,劳拉看见爸爸的后裤袋里露出了一根手枪柄。她知道爸爸是不会害怕的,然后她又看了看挂在门上方的步枪和竖在墙角的猎枪。妈妈知道怎么开枪,所以不用担心那笔钱会被盗贼抢走。

那天晚上劳拉睡不踏实,也常常听见爸爸在帘子那头的架子床上辗转反侧。因为面粉袋里藏着的那包钱,夜色似乎比往常更浓,四周也净是些奇奇怪怪的声响。可是谁会想得到从面粉袋里找藏着的钱呢?

发工资的日子

第二天一早,爸爸把帆布包拿到了商店里,因为这一天是发工资的日子。早餐过后,工人们聚集在商店周围,一个接一个走进店里,然后又陆续走出来,三五成群地凑在一处聊天。发工资的日子,他们是不用干活的。

吃完晚餐后,爸爸说他必须再回一趟办公室。"有些工人没搞懂为什么他们只拿到了两个星期的工资。"爸爸说。

"为什么他们拿不到整个月的工资呢?"劳拉问。

"嗯,你瞧,劳拉,计算工时并且把工时结算表递交上去需要花上一段时间,出纳员把钱送过来又要花上一段时间,所以工人们的工资是结算到每月十五号的。再过两个星期,我就会付清他们干到今天的工资。有些人的榆木脑袋怎么也想不明白为什么还要等两个星期,他们想要拿到算到昨天的全部工资。"

"别担心,查尔斯,"妈妈说,"你别指望他们弄得懂其中的道理。"

"他们是不会怪你的,对吧,爸爸?"玛丽问。

"如果怪在我头上就糟糕了,玛丽,我也不知道,"爸爸说,"不过我还要去办公室处理一些文件。"

晚餐的碟子很快就洗完了,妈妈坐在摇椅上哄格蕾丝睡觉,卡莉偎依在她身旁。劳拉挨着玛丽坐在门口,看着银湖的湖面上光芒渐渐褪去,一边绘声绘色地向玛丽描述湖上的景色。

"平静的湖面中央闪烁着最后一丝亮光,周围的湖面一片黯淡,野鸭们已经安然入睡了。远处的土地黑黝黝的,灰暗的天幕上星星亮了。爸爸点亮了煤油灯,橘色的灯光从黑漆漆的商店后面倾泻出来。妈妈!"劳拉顿时大叫了一声,"来了一大群人——看啊!"

一群人围在了商店外,他们一声不吭,就连脚踩在草地上也没有发出声响。黑压压的人群越聚越多。

妈妈连忙起身,把格蕾丝放在床上,然后走到门口,越过劳拉和玛丽的头往外看。接着,她温柔地说:"进屋,姑娘们。"

她们乖顺地进屋后,妈妈关上门,只留了一条缝隙,然后她倚在门口从缝隙里往外窥视。

玛丽和卡莉坐到了椅子里,劳拉钻在妈妈胳膊底下瞧外面的动静。人群紧紧地围住了商店,两个人走上台阶,用力地敲打店门。

人群里鸦雀无声,就连暮色也像是屏住了呼吸。

接着,又响起了一阵敲门声,一个人高喊:"开门,英格斯!"

门开了,煤油灯光里出现了爸爸的身影。他在身后带上门。那两个敲门的人立刻退回到人群中。爸爸手插裤袋,镇定地站在台阶上。

"呃,伙计们,怎么啦?"爸爸平静地问。

人群里有人回答:"我们要拿回我们的工资。"

顿时其他人也喊了起来。"一分也不能少!""把你藏起来的两个星期的钱交出来!""我们要拿回我们的工资!"

"再过两个星期就会发给你们了,只要等我算出你们的工时。"爸爸说。

人群又嚷嚷起来了。"我们现在就要!""别拖拖拉拉的!""我们现在立刻就要!"

"我现在没法付给你们,伙计们!"爸爸说,"要等出纳员再来,我才能拿到付给你们的工资。"

"打开店门!"有人嚷嚷,随后整个人群开始大呼小叫。"好主意!就这么干——打开店门!打开店门!"

"不行,伙计们!我是不会开的。"爸爸冷静地说,"明天早上再来，你们想拿什么就拿什么，但是一律上账。"

"打开店门，不然我们砸门啦！"一个人大喊。随后整个人群爆发出咆哮声，所有人像是被咆哮声推搡着朝爸爸逼近。

劳拉想从妈妈的胳膊下钻出去，但是被妈妈一把攥住，拉了回去。

"哦，让我出去吧！他们会伤害爸爸的！让我出去，他们会伤害爸爸的！"劳拉低声尖叫。

"站住！"妈妈用劳拉从来没听到过的严肃口气命令她。

"往后退，伙计们，别挤过来。"爸爸说。劳拉听见爸爸的声音冷冰冰的，不由得浑身颤抖。

接着，她听见人群后头响起一个声音。这个声音低沉、浑厚，虽然不够响亮，但是所有人都听得一清二楚。"怎么了，伙计们？"

朦胧的夜色中，劳拉只看见黑压压的人群上方大个子杰瑞高高的个头，却看不清他身上红色的衬衫。远处的薄暮中有一抹浅白色，那一定是他的白马。人群嘈杂地回答了杰瑞的问题，然后只听见他放声大笑，笑声嘹亮而悠远。

"你们这帮傻瓜！"杰瑞大笑着说，"为这么点事大惊小怪！你们想要从商店里搬东西？嗯，到了明天我们想拿什么就拿什么，东西又不会长腿跑掉。只要我们一出手，谁也别想挡我们的道！"

接着劳拉听见大个子杰瑞满嘴粗话，有些是骂人的话，另一些劳拉以前从来没听到过。后来劳拉几乎听不进去了，她觉得自己的心碎了，一切都像瓷盘子落在地上，碎成了千百片，因为大个子杰瑞居然和别人一起成了爸爸的敌人。

人群聚拢在大个子杰瑞周围，他大声叫唤了几个人，说要和他们去喝酒、打牌。于是一些人跟着他回到工棚，其他人三三两两地在夜色中四散而去。

妈妈关上门,说:"该上床了,姑娘们。"

劳拉按照妈妈的嘱咐爬上了床。上床的时候,她浑身还在哆嗦。爸爸迟迟没有回来。她时不时听见营地里爆发出哄笑声、粗鲁的说话声,还有嘹亮的歌声。她知道爸爸不回来,她是睡不着的。

但是当她猛地睁开眼睛时才发现天已经亮了。

银湖远处的天空里金光万丈,一条红云像缎带似的飘着。喧闹的野鸟纷纷从玫瑰色的湖面上扑闪着翅膀飞起来。营地里也是一片喧哗。伙食房外工人们乱哄哄地挤作一团,高声谈笑。

妈妈和劳拉站在棚屋外的墙角张望。有人嘹亮地大喊一声,随后大个子杰瑞纵身跳上了他的白马。

"跟我来,伙计们!"他大喊,"找乐子去啦!"

白马踢腾了一下前蹄,原地打了一个转后又猛地拔起前蹄。大个子杰瑞发出一串狂野的口哨声,白马立即疾步飞奔,眨眼间他们越过草原,向西奔去。工人们立刻冲进马厩,没一会儿,他们一个个都骑在了马背上,跟随杰瑞而去。马背上的人群像离弦的箭,倏地消失在地平线上。

整个营地顿时变得静悄悄。"没事了。"妈妈说。

然后她们看见爸爸从商店里出来,向伙食房走去,他碰上了从里面出来的工头弗莱德。两人交谈了一会儿,然后弗莱德走进马厩,翻身上马,也朝西边飞奔而去。

爸爸咯咯咯地笑起来。妈妈说她弄不懂他怎么还笑得出来。

"这个大个子杰瑞!"爸爸的笑声在屋子里回荡,"好家伙,幸亏他把他们带到其他地方找乐子去了!"

"去哪里了?"妈妈急忙问。

这时爸爸平静地回答："斯坦宾营地了发生了骚乱，营地里所有工人都聚集到那儿了。你说得对，卡罗琳，这没什么好笑的。"

一整天营地都是静悄悄的。劳拉和玛丽没出去散步，她们不知道斯坦宾的营地里会发生什么事，也不知道危险的人群什么时候回来。妈妈一整天神色焦虑，嘴巴抿得紧紧的，时不时轻轻地叹气。

天黑之后，工人们回来了，不过比出发的时候安静多了。他们在伙食房里吃完晚餐后径直回工棚睡觉去了。

爸爸很晚才从商店回来。他回来时，劳拉和玛丽还没睡着。她们静静地躺在床上听爸爸和妈妈在点着煤油灯的帘子那头说话。

"现在不用担心了，卡罗琳，"爸爸说，"他们已经筋疲力尽，不会闹起来了。"他伸了个懒腰，坐下来脱靴子。

"他们干了些什么，查尔斯？有人受伤吗？"妈妈问。

"他们把出纳员吊了起来，"爸爸说，"有一个人伤得很重，被放在运木柴的马车上送往东部就医去了。别为此心烦，卡罗琳。我们要感谢神灵，让我们轻易脱身了。事情已经过去了。"

"除非真的过去了，我才会不担心。"妈妈说，她的声音在颤抖。

"来！"爸爸说。劳拉明白了，这时妈妈坐到了爸爸的腿上。"好了，我知道你没法不担心。"爸爸对妈妈说，"不要紧的，卡罗琳，铁路地基很快就修好了，这些营地也很快会关闭。明年夏天，我们就能在自己的宅地上安家了。"

"你打算什么时候去找宅地呢？"妈妈问。

"等营地一关我就去找。现在商店里忙得脱不开身，"爸爸说，"你知道的。"

"是的，我知道，查尔斯。他们把那个人怎么了——他杀了出纳员吗？"

"他们没杀他。"爸爸说，"事情是这样的，你瞧，斯坦宾营地和这里一样，办公室就是靠在商店后面的一间单坡顶小屋，只有一扇通往商店的门。出纳员带着钱待在办公室里，锁上了门，就通过门边的一个小窗口把工资递给工人。

"斯坦宾营地有三百五十个工人等着领工资。和这儿的工人一样，他们要求付清截至当天的所有工资。当他们发现拿到手的工资只到十五号，暴跳如雷。大多数人都带着枪，于是冲进商店，威胁要把办公室射穿，除非拿到全额工资。

"在对峙的时候，几个人吵了起来，一个人抄起秤砣砸了另一个人的脑袋。那个人立刻像一只被撞晕的牛一样倒在了地上，等别人把他拖到外面时，发现他已经神志不清了。

"于是大家拿了根绳子去追那个砸人的凶手，他们跟到了沼泽地里，但是在茂盛的草丛里怎么也找不到他。他们在比人高出许多的沼泽地草丛里四处寻找，但是我猜这样一来反倒把那个人留下的足迹全毁掉了。

"他们找了他整整一上午，算他走运，他们没找到他。等他们回到商店，发现店门被紧紧锁上了，他们进不去了。有人把受伤的那个人装上了马车，送往东部找医生去了。

"在这个时候，其他营地的工人也赶到了。他们吃光了伙食房里所有的食物，好多人还喝起了酒。他们狠狠地砸商店的门，对出纳员大呼小叫，命令他开门发钱，但是里面没人吱声。

"一千多个酒气熏天的人简直就是难以对付的匪帮。有人瞥见了那根绳子，大喊，'把出纳员吊起来！'于是这伙人拿起绳子，不停地喊，'把他吊起来！把他吊起来！'

"几个人爬上了屋顶,戳穿了屋顶板。他们把绳子的一头扔过屋檐,让其他人抓住,然后两个家伙从屋顶跳到出纳员的身上,用绳子套住了他的脖子。"

"别说了,查尔斯,姑娘们醒着呢。"妈妈说。

"嗯,就这些了。"爸爸说,"他们勒了他一两次,他就投降了。"

"他们没把他吊死吗?"

"他只受了一点儿轻伤。有人用牛轭砸了商店的门,店主不得不把门打开。一个家伙跳进办公室,割断了绳子,放下了出纳员,然后他打开了小窗户,出纳员不得不把手头的钱分发给了到场的每一个人。许多从其他营地赶来的人也挤进去拿了钱。压根儿就没人去管什么工时记录了。"

"真不要脸!"劳拉义愤填膺地大叫。爸爸不由得拉起帘子。"他怎么能这么做?要是我就不会这么做!就不会这么做!"劳拉不停地嚷嚷,爸爸、妈妈插不进话。她激动地跪在床上,双手握紧了拳头。

"你不会怎么做?"爸爸问。

"发工资给他们啊!我是不会被他们吓软的,你不是也没被他们吓倒吗?"

"那边暴动的规模比我们这儿大多了,而且那个出纳员没有大个子杰瑞帮他。"爸爸说。

"但你肯定是不会屈服的,爸爸。"劳拉说。

"嘘!"妈妈嘘了一声,"你们会把格蕾丝吵醒的。谢天谢地,那个出纳员还算有头脑,好死不如赖活着。"

"哦,不,妈妈!你不会真这么想的吧?"劳拉低声说。

"不管怎么说，有勇有谋才是上策。姑娘们，睡觉吧。"妈妈轻轻地说。

"求你了，妈妈。"玛丽低声问，"他拿什么钱付给他们呢？既然他已经付掉了手里所有的钱，他又从哪里弄来的钱呢？"

"是啊，他从哪里弄来的？"妈妈问。

"他拿了商店里的钱。这是一家大商店，早就把大多数工人的工资赚了回来。工人手里一拿到钱就又花在商店里了。"爸爸说，"好了，听妈妈的话，姑娘们，快睡觉。"然后爸爸放下了帘子。

玛丽和劳拉在被子底下说悄悄话，直到妈妈吹灭了煤油灯。玛丽说她想回到梅溪，但是劳拉没吱声，因为她喜欢棚屋周围莽莽苍苍的大草原。她的心咚咚直跳，仿佛又听见了人群野蛮的咆哮声，还有爸爸说"别挤过来"时冰冷的声音。她还想起了修建铁路的工人和马儿，他们哼着号子，在飞扬的尘土中挥汗如雨。她再也不想回梅溪了。

银湖上的野鸟

天气越来越凉,天空中尽是飞翔的野鸟。从东往西,从南到北,目光所及的蔚蓝色天宇中,数不清的鸟儿在振翅高飞。

到了傍晚时分,它们又连绵不绝地从空中滑翔而下,落在银湖的湖面上过夜。

有个头较大的大灰鹅,有小巧玲珑的雪雁,仿佛湖边的一抹白雪。还有灰色的大野鹅,各种各样的野鸭:翅膀上有紫色绿色纹路的大个子绿头鸭、红头潜鸭、蓝嘴鸭、灰背大野鸭、短颈野鸭,以及许许多多连爸爸都叫不出名字的野鸭。除此之外,还有苍鹭、鹈鹕、鹤、小个子的沼泽鸟。黑色的花嘴鸊鷉密密麻麻地点缀在水面上。枪声一响,它们立刻潜入水中,转眼间消失得无影无踪。它们能在水里藏很久。

夕阳西下时,整个湖面上栖息着各种各样的鸟,回响着各种各样的鸟叫声。它们在南飞的旅途中飞累了,停在这里歇歇脚,并趁入睡前与伙伴们叽叽喳喳聊几句。北方已经入冬,即将到来的严寒驱遣着它们飞向温暖的南方。它们早早地上路,以便路上有空休息。银湖把它们揽在温暖的怀里,让它们美美地睡上一觉。等到天一亮,它们又将张开强健的翅膀,精神抖擞地冲入云霄。

一天爸爸打猎归来,带回一只雪白的大鸟。

"对不起,卡罗琳,"爸爸严肃地说,"我做了件坏事,杀死了

一只天鹅,它太美了,真是可惜。但是我不知道它是一只天鹅,我从来没见过飞翔的天鹅。"

"现在后悔也无济于事,查尔斯。"妈妈说。一家人忧伤地看着这只再也不能飞翔的美丽的白天鹅。"来吧,"妈妈说,"我来拔毛,你来剥皮。天鹅的羽毛会让我们有一床舒服的羽绒被。"

"它的个头比我还大。"卡莉说。爸爸拿出尺子量了量,发现一对雪白色翅膀张开的话有八英尺宽。

另一天,爸爸带回来一只鹈鹕。他掰开鹈鹕的长嘴壳,几条死鱼从嘴壳下的皮囊里掉出来。妈妈立刻撩起围裙,捂在鼻子上,卡莉和格蕾丝也紧紧捏住鼻子。

"快拿走,查尔斯,快点!"妈妈隔着围裙说。鹈鹕的皮囊里装着的鱼有一些是新鲜的,但是另一些已经死了好几天了。鹈鹕肉可不适合上餐桌,就连鹈鹕的羽毛也散发出腐鱼的臭味,妈妈是不会用这种羽毛做枕头的。

爸爸除了打能吃的野鸭、野鹅,有时候他还会打老鹰,因为老鹰会吃其他的鸟。几乎每一天,劳拉和妈妈都忙着把爸爸打下来的野鸭、野鹅烫了拔毛。

"我们很快就能再做一床羽绒被了。"妈妈说,"今天冬天,你和玛丽就能睡在温暖的羽绒被里了。"

金秋的时节里,天空中密密麻麻全是扑扇着的翅膀。有的贴着银湖碧蓝的湖面扑扇,有的在银湖上方蔚蓝的天空中扑扇。野鹅、野鸭、黑雁、鹈鹕、鹤、苍鹭、天鹅、江鸥扇动强劲的翅膀,一路飞向南方绿色的田野。

振翅高飞的鸟儿、金色的时节和清晨的秋霜让劳拉蠢蠢欲动,她真想像鸟儿一样飞到另一个地方,但是那个地方是哪里,她却不知道。她只是想出去走走。

"我们去西部吧!"一天晚饭后她突然说,"爸爸,既然亨利叔叔去西部了,那么我们也能去吗?"

亨利叔叔、路易莎堂姐和查理堂哥已经挣够了钱,准备往西部去。他们打算先回到大森林,卖掉那儿的农场,然后等春天一来,就带上波莉婶婶,一起往西到蒙大拿州去。

"我们为什么不去呢?"劳拉说,"我们有爸爸挣来的三百美元呢,还有马和马车。哦,爸爸,我们去西部吧!"

"天啊!劳拉!"妈妈说,"无论如何——"她诧异得说不下去了。

"我懂,小丫头,"爸爸和善地说,"你和我都想像鸟儿一样飞走,但是很久以前我就答应了你妈妈,你们几个一定要上学。去了西部,你们就上不了学了。等这里的市镇建设起来,就会办一所学校。我会去找一块宅地,劳拉,你们都要进学校。"

劳拉看了看妈妈,又看了看爸爸,她明白自己别无选择——爸爸会把家安在宅地上,她必须去上学。

"总有一天你会感激我的,劳拉,还有你,查尔斯。"妈妈轻柔地说。

"只要你满意,卡罗琳,我就知足了。"爸爸说。爸爸说的是真心话,但是劳拉知道其实他心里很想去西部。劳拉回到洗碟盆前,继续洗晚餐的碟子。

"还有一件事,劳拉。"爸爸说,"你知道妈妈以前当过老师,妈妈的妈妈也是老师。妈妈希望你们中有一个将来也在学校里教书,我想应该就是你,所以你一定要上学。"

劳拉的心猛地一颤,然后她感觉到自己的那颗心不停地往下沉、往下沉,一直跌到深不见底的深渊里。但是她什么也没说,她知道爸爸、妈妈,还有玛丽以前认定了玛丽会当老师,可是现在玛丽教不了书了,而且——"哦,我不要!我不要!"劳拉在心里大叫,"我不要当老师!我不愿意!"但是她劝自己,"你必须这样做。"

她不能让妈妈失望,更不能违背爸爸的嘱咐,所以等她长大了,她得当一名教书匠。况且,除了教书之外,她不知道别的挣钱的方法。

离开营地

　　肃杀的天空下，一望无垠的大地显得低低的，荡漾着柔和的色调。镶上了金边的野草像是为草原铺上了五彩的被褥，有土黄色、棕褐色、褐色、灰色。只有沼泽地里的草依旧绿油油的。天空中的鸟儿越来越少，一群群都在急匆匆地赶路。日落时，常有一群野鸟飞过银湖上空，叽叽喳喳地叫唤着，像是在焦急地说话。可是无论银湖多么诱人，它们却不肯落在湖面上歇歇脚、填饱肚子。领头的野鸟落到队伍后面，另一只野鸟顶上去带队，继续向南飞去。寒冷的冬天就要来了，它们不能浪费一点儿光阴。

　　浓霜遍野的清晨和寒风刺骨的傍晚，劳拉和丽娜出去挤奶的时候，都要在头上裹上厚厚的头巾，并用别针在下巴底下把头巾别紧。她们的光脚丫冻得要命，鼻子也在冷风中冻得生疼，但是只要她们蹲下来挤温热的牛奶，头巾就会把她们裹得严严实实，连脚丫子也暖和起来。她们一边挤奶一边唱：

　　　　你要去哪儿，我美丽的姑娘？
　　　　我要去挤牛奶，先生。
　　　　我能跟你一起走吗，我美丽的姑娘？
　　　　噢，好啊，你要你乐意，善良的先生。

你的嫁妆是什么，我美丽的姑娘？
我漂亮的脸蛋就是我的嫁妆，先生。
那我不能娶你，我漂亮的姑娘。
没人让你娶我，先生。

"嗯，我猜我们要过很久才能再见面了。"一天傍晚丽娜对劳拉说。银湖的铁路地基工程很快就要完工了。第二天一早，丽娜、约翰和多西亚姑妈就要离开营地了。他们打算天不亮就动身，因为他们从公司的商店里搬了满满三马车的货物。他们生怕公司派人追他们，所以对谁也没说会朝哪个方向走。

"真希望我们还有机会一起骑小黑马。"劳拉说。

"妈的！"丽娜大胆地说出了这个粗鲁的词，"夏天终于过去了！我讨厌做家务。"她晃了晃奶桶，不停地嘟囔，"烧饭、洗碟子、洗衣服、擦地，统统见鬼去吧！哎嘿！"然后她对劳拉说："好吧，再见吧。我猜你们要在这儿住一辈子了。"

"我想是吧。"劳拉难过地说。她知道丽娜要去西部了，说不定还会去俄勒冈州。"那么好吧，再见了。"

第二天清晨，劳拉孤零零一个人替同样形单影只的奶牛挤奶。多西亚姑妈的马车上装满了从饲料房里拿的燕麦，丽娜的车上装满了商店里的货物，约翰的车上装了铲斗和犁具。他们就这样悄悄地离开了营地。海伊姑父等与公司交接完就会与他们会合。

"如果这些货物全算在海伊的账上，那他可得欠一大笔债了。"爸爸说。

"你不该阻止他吗，查尔斯？"妈妈担心地问。

"这不归我管，"爸爸说，"我的责任是允许承包商从商店里拿

离开营地

任何东西,只要记在他的账上。哦,别担心,卡罗琳!这不是偷窃。这些东西还抵不过海伊在这儿还有苏河营地应得的收入呢。他在苏河营地被公司耍了,然后在这儿扯平了。就这么简单。"

"好吧。"妈妈叹了口气,"不管怎么样,我很高兴看到营地撤走,我们终于可以安静一阵子了。"

接下来的每一天,营地都闹哄哄的。工人们忙着领最后一笔工资,然后纷纷赶马车离开营地回东部去。到了晚上,营地里静悄悄、空荡荡的。有一天,亨利叔叔、路易莎、查理也踏上了回威斯康星州的长途旅程,他们要回去卖掉农场。伙食房和工棚里空无一人,空荡荡的商店里只有爸爸一个人,他在等公司的管事来检查账簿。

"我们也得回东部过冬。"爸爸对妈妈说,"就算公司让我们住在这里,就算有煤,棚屋也太简陋了,挡不了严寒。"

"哦,查尔斯,"妈妈说,"可是你还没找好宅地,如果我们把你挣来的钱花了,万一到了春天——"

"我知道。但是有什么办法呢?"爸爸说,"我会趁走之前找好宅地,来年春天就去登记。说不定到了夏天我就能找到工作,那样的话,我们就能买些木材,搭个棚屋。就算现在我能用草皮搭间屋子,但是这里的生活用品、煤炭的价格这么高,在这里过冬,我们的积蓄会花光的。不行,我们最好还是回东部过冬。"

真要这样做还挺难。劳拉实在振作不起精神来,她不想再回到东部,她不愿意离开银湖。他们艰难跋涉来到了银湖,她不愿意再被推回去,她只想留在这里。可是如果别无选择,他们就必须回去。来年春天他们又会上路。抱怨于事无补。

"你不舒服吗,劳拉?"妈妈问。

"哦，没有，妈妈。"劳拉回答。但是她心情沉重，像掉入了无底的黑洞，强颜欢笑只能让她更加难受。

公司的管事检查完爸爸记录的账簿，最后一辆马车也从门前经过了。湖面上听不到鸟叫声了，天空一片空荡荡的，只有零星的鸟儿着急地追赶同伴。妈妈和劳拉忙着缝补马车篷，烤了面包做路上的干粮。

那天晚上，爸爸吹着口哨从商店回来，像一阵清风似的脚步轻盈地走进了屋里。

"我们留在这里过冬，怎么样，卡罗琳？"爸爸大声问，"住在测量队的屋子里。"

"哦，爸爸，真的吗？"劳拉大声问。

"当然是真的啦！"爸爸回答，"只要你妈妈同意。那可是一栋结实、防风的好房子，卡罗琳。测量队队长刚才来店里，他说他们原计划留在这里，已经备好了过冬的煤炭、物资，但是如果我愿意替他们看管公司的工具，那么他们就回去过冬。公司的管事也同意了。"

"他说房子里有面粉、豆子、咸猪肉、土豆、罐装食品，当然，还有煤炭。只要我们留在这里过冬，房子里的东西可以随便用。牛和马可以住到马厩里。我告诉他明天一早答复他。你觉得怎么样，卡罗琳？"

他们都看着妈妈，等她开口。劳拉激动极了。他们可以留在银湖过冬了！不用回东部了！妈妈有些失望，因为她一直想要回到文明的东部。但是妈妈说："这是上天的安排吧，查尔斯。连煤都为我们准备好了。你说呢？"

"如果没有煤的话，我是不会考虑留下的，"爸爸说，"但是既然煤是现成的——"

"好了，吃晚餐吧！"妈妈说，"洗手、吃饭，不然就凉了。听起来是个不错的选择，查尔斯。"

晚餐时，他们谈论的全是这件事。测量员的房子结实、温暖，住在里面很舒服；相比之下，棚屋就算门关得紧紧的，炉子里生了火，冷风还是会从缝隙里钻进来，让屋里和外面一样天寒地冻。

"住在那里会不会让你觉得很宽有——"劳拉问。

"是'宽裕'。"妈妈纠正她。

"哦，妈妈，住在那里让你觉得很宽裕吗？你想想，一整个冬天的过冬物资全有了。"劳拉说。

"春天到来前，一分钱也不用花了。"爸爸说。

"是的，劳拉。"妈妈笑着说，"你是对的，查尔斯，的确如此；我们应该留在这里。"

"嗯，我也不知道是好是坏，卡罗琳。"爸爸说，"也许从其他方面考虑的话，我们最好离开。据我所知，我们最近的邻居远在布鲁金斯，离这里六十英里。万一有什么事情的话——"

这时一阵急促的敲门声把他们吓了一跳。爸爸说了一声"请进"，一个魁梧的男人推门走进来。他裹着厚厚的大衣和手套，留着黑色的短胡须，脸颊红扑扑的，一双眼睛黝黑清澈，让劳拉想起了在印第安保留区见到的那个印第安婴儿。

"你好，博斯特！"爸爸跟他打招呼，"快来烤烤火，今天晚上可真够冷的。这是我的妻子和女儿们。博斯特先生已经在这里登记了一块宅地，他也在铁路地基上干活。"

妈妈把一把椅子搬到火炉旁，请博斯特先生坐，博斯特先生伸出手烤火，他的一只手上缠着绑带。"您的手受伤了吗？"妈妈善意地问。

"只是扭伤了，"博斯特先生回答，"烤烤火就好多了。"然后他转头对爸爸说："我需要你的帮助，英格斯。你还记得我把一匹马卖给了彼得吗？当时他只付了一半的钱，说下一个发工资日就会付清剩下的一半。但是之后他一直拖欠着不肯付钱。现在我担心他带着马偷偷溜走了。如果这样的话，我是一定要去追上他的，把马要回来。但是他的儿子和他在一起，他们会合起来和我干架的，我可不想瘸着一只手对付两个蛮横的人。"

"这里目前有足够的人手可以对付他们。"爸爸说。

"我不是想找人跟他们干架，"博斯特先生说，"我不想惹出什么乱子。"

"那么你想我怎么帮你呢？"爸爸问。

"我是这么想的，目前这里没有法律，不能通过法律途径收回欠款，连县级的司法机构、相关人员都没有，但是，也许彼得不知道这些。"

"哦！"爸爸说，"你是想让我做一些文件警告他？"

"我找到了一个人，他能装成警长对付他们。"博斯特先生说。他的眼睛和爸爸的一样炯炯有神，只是他的眼睛又小又黑，爸爸的眼睛又大又蓝。

爸爸放声大笑，高兴地拍了拍膝盖。"这真是天大的玩笑！幸亏我还有些法律信函纸。我替你起草文件，博斯特，你去找你的警长吧。"

于是博斯特先生匆忙出去找人，妈妈和劳拉赶紧清理餐桌，爸爸在桌旁摆开架势，在红色边线的文件纸上下笔写字。

"好了！"爸爸埋头写了好一会儿终于开口，"看起来还像这么回事！文件写完了，人也该到了。"

这时，响起了博斯特先生的敲门声。和他一起进屋的另一个人裹着厚厚的大衣，帽檐盖得低低的，一条厚围巾裹在脖子上，捂住了嘴巴。

"您来啦，警长。"爸爸对他说，"这是拘捕令，请以法律的名义，把马或者钱要回来，不管死活。"他们一起放声大笑，笑声似乎都快把棚屋震塌了。

爸爸瞧了瞧那个裹得严严实实的人，说："警长，幸亏今天晚上冷得够呛，您可以披挂上阵。"

客人离开后，爸爸止住了笑，对妈妈说："我敢打赌警长就是测量队队长。"然后他又拍着大腿哈哈大笑起来。

夜深时分，劳拉被博斯特先生和爸爸的说话声吵醒了。博斯特先生在门口说："我看见你屋里的灯还亮着，就过来告诉你一声，这一招管用了。彼得被吓坏了，他宁愿既给钱又还回马。那个恶棍终究还知道害怕法律。这是给你的报酬，英格斯。测量队队长不要钱，他说让他扮演警长已经够让他乐的了。"

"他的这一份你留着吧，"爸爸说，"我只拿我的这一份。法庭的尊严不容践踏。"

博斯特先生放声大笑，劳拉、玛丽、卡莉和妈妈也都忍不住笑了起来。爸爸的笑声像嘹亮的钟声四处回荡，让人感觉到温暖、欢乐。博斯特先生的笑声却特别有感染力，能一下子把其他人都逗乐。

"嘘，别把格蕾丝吵醒了。"妈妈说。

"什么事这么好笑？"卡莉问。她刚刚醒过来，只听见博斯特先生在哈哈大笑。

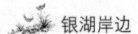

"那你在笑什么呢?"玛丽反问她。

"博斯特先生的笑声让我想跟着笑。"卡莉说。

第二天早晨,博斯特先生来家里吃早餐,因为营地已经撤走了,没有别的吃饭的地方。那天一早,测量队也驾着轻便马车往东去了,最后一批马队也走了。博斯特先生是最后一个,因为他要等到手上的伤好转,才可以驾马车。可是那天晚上他的手受了冻反而疼得更加厉害,不过他仍然上路了,因为他要赶回爱荷华州结婚。

"如果你们打算留在这儿过冬,说不定我会把艾莉带来,一起留在这里,"他说,"如果我们能赶在寒冬来临前赶回来的话。"

"要是你们能来就太好了,博斯特。"爸爸说。妈妈说:"是啊,我们会很高兴的,真的。"

然后他们目送博斯特的马车一路走远,马车吧嗒吧嗒的声音也渐渐消失在向东延伸的小路上。

整片草原现在空荡荡的,阴冷的天空中见不到一只飞鸟的踪影。

博斯特先生的马车终于消失在视野中,爸爸把马车赶到

门口。

"来吧,卡罗琳!"他大声说,"营地里只剩下我们了,今天是搬家的好日子。"

测量队的房子

测量队的屋子坐落在银湖的北岸，离棚屋只有半英里，所以家里的一些东西用不着打包就可以直接搬过去。劳拉都快等不及了，她真想跑过去看看那栋房子。等她帮着把所有东西都整齐地装进马车，等玛丽、卡莉、妈妈和格蕾丝都在马车里坐稳了，她问爸爸："我就不能跑到前头吗？"

"你应该说'可以吗'，劳拉。"妈妈说，"说真的，查尔斯，你不觉得——"

"没什么会伤害她的，"爸爸说，"一路上我们都看得到她。沿着湖岸走，小丫头。别担心，卡罗琳，羊尾巴甩两甩，我们就到那儿了。"

于是，劳拉迎着呼啦啦刮个不停的风跑到前头去了。她的头巾随风摆动，冷风像是钻到了她的身体里，让她觉得寒冷彻骨。跑了一会儿，她的手脚暖和了，心咚咚咚剧烈地跳动，同时呼哧呼哧地喘着粗气。

她跑过了原先驻扎营地的地方，脚吧嗒吧嗒踩在硬邦邦的泥土和粗糙的枯草上。周围连一个人影也没有，大伙儿都走了。这片广袤的大草原和空旷的天空变得澄澈悠远，连风也更加无拘无束了。

远远落在后头的马车现在赶了上来。劳拉回头一望，爸爸正朝她挥手。当她放慢步子时，听见了掠过草丛的风声和湖水拍打湖岸的声音。她蹦蹦跳跳地沿着湖岸向前走，脚下是干枯的矮草。如果她乐意,她可以放声高喊,因为周围没有人。于是她扯开嗓子喊了起来:"这里是我们的啦!全是我们的啦!"

叫喊声从她的嗓子里出来的时候很嘹亮,但是很快就被吹淡了,像是被风带到了别的地方,生怕惊扰了阒然无声的茫茫四野。

测量队队员们厚重的靴子已经在草地上踩出了一条小路。劳拉的脚丫子踩在上面觉得小路平坦而柔软。她垂下裹着头巾的脑袋,顶着风,沿着小路急匆匆地稳步朝前走。她在心里嘀咕,如果自己一个人先跑到测量队的屋子里一睹为快,那该多有趣啊。

那栋房子倏地出现在了她眼前。这是一栋真正的大房子,上下两层楼,还装着玻璃窗。笔直的厚木板经受了风吹雨打后泛黄变灰了,但是就像爸爸说的,每一条缝隙都用板条钉严实了。门上装着一个陶瓷把手,推门进去是一间连着后门的单坡顶小屋。

劳拉透过一丝门缝往里瞧,然后她再稍稍用力一推,门就沿着地板上的弧形划痕打开了。劳拉走了进去。屋子里全铺着木地板,光脚踩在上面不像棚屋的泥地一样舒服,但是不用费力扫地了。

空荡荡的大屋子似乎在凝神谛听,它像是知道劳拉闯了进来,打定了主意要看看这个小姑娘有什么动静。屋外,风掠过墙壁,发出孤寂的低吟。劳拉踮着脚,悄悄地走过单坡顶小屋,打开了另一侧的一扇门。

劳拉目不转睛地盯着面前的这间大房间。屋子里的木板墙没有褪色,依旧是黄色的。阳光从西边的窗户照进来,洒在地板上。前门东侧的窗户里也照进来一束清冷的光。测量队居然把他们的炉子也留下了!这个炉子比妈妈从梅溪带来的那个炉子大多了。炉子上有六个盖子、两扇炉门,还有一根高高耸立的大烟囱。

房间另一侧的墙上有三扇门,都紧紧关着。

劳拉蹑手蹑脚地穿过宽宽的地板，轻轻推开其中的一扇门，发现里面是一个小房间，摆着一张床架。房间里还有一扇窗。

然后劳拉轻轻地推开中间的那扇门，不由得吃了一惊。一座跟门一样宽的陡峭楼梯矗立在她面前。她抬头一望，看见了头顶上方高高的斜坡屋顶。她往楼梯上走了几步，发现楼上是一个大阁楼，有楼下两个大房间那么宽敞。两堵山墙上都装了窗户，把屋顶下空荡荡的阁楼照得明亮通透。

劳拉已经看见三个房间了，还剩下一扇门没打开。她不由得思忖，测量队一定有许多队员，所以他们的房子有这么多房间。这可是她住过的最宽敞的屋子。

当她推开第三扇门时，情不自禁地叫出了声，惊讶的叫声似乎惊动了侧耳倾听的房子。她眼前出现了一间小商店，房间的四壁堆满了架子，架子上琳琅满目地放着碟子、盘子、罐子、箱子、罐头。架子底下摆满了桶和箱子。

第一个桶里满满的都是面粉，第二个桶里是玉米片，第三个桶的盖子盖得紧紧的，里面满是一块块浸在褐色盐水里的咸猪肉。劳拉可从来没有一下子见过这么多咸猪肉。除了这些，还有一大木箱方形苏打饼干、一大箱咸鱼、一大箱苹果干、两袋马铃薯、一大袋豆子。

这时，马车到了门口。劳拉立刻跑出去，大声说："哦，妈妈，快来看啊！里面有这么多东西——还有一个大阁楼，玛丽！还有炉子、饼干，苏打饼干！"

妈妈四处看了一番后也十分高兴。"这里很宽敞，"她说，"也很干净。我们很快就能安顿下来。去把扫帚拿来，卡莉。"

因为不用另外支起炉子，爸爸就把妈妈的炉子放在了后门口的单坡顶小屋里。那里还堆了过冬的煤炭。爸爸生火的时候，她们忙着把桌子、椅子摆在大房间屋里。妈妈把玛丽的摇椅放在了炉子旁。炉子里的火已经烧旺了。玛丽抱着格蕾丝坐在温暖的角落里逗她玩,免得她去打扰正在忙碌的妈妈、劳拉和卡莉。

妈妈在卧室的床架上铺了一张大床,然后她把她和爸爸的衣服挂在墙上的钉子上,并盖上了一块布。楼上宽敞、低矮的阁楼里有两张床架,劳拉和卡莉铺出了两张整洁的床,一张给卡莉睡,另一张给劳拉和玛丽睡。铺完床,她们把衣服和箱子搬到了阁楼上,把衣服挂在山墙上的窗户旁,底下放上箱子。

一切都收拾妥当后,她们下楼帮妈妈准备晚餐。爸爸从屋外搬进来一个浅口的包装箱。

"这是干吗用的,查尔斯?"妈妈问。爸爸回答:"这是格蕾丝的滑轮床。"

"我们就缺一张滑轮床!"妈妈惊讶地说。

"箱子边够高,格蕾丝就不会掉下来了。"爸爸说。

"它又够矮,白天能塞在我们的床底下。"妈妈说。

劳拉和卡莉为格蕾丝在包装箱里铺了一张小床,然后把它推到了床底下,晚上只要拉出来就可以睡觉了。就这样他们搬完了家。

晚餐丰盛得像是一场宴会。测量队漂亮的碟子让餐桌熠熠生辉,从测量队留下的坛子里取出的小酸黄瓜泡菜配上热气扑鼻的烤鸭和炸土豆片,真是别有一番风味。吃完这些后,妈妈蹑手蹑脚地走进食品储藏室,然后拿出了——"猜猜是什么?"她问。

她在每个人面前放了一小碟罐头水蜜桃,还有两块苏打饼干。"我们要好好款待自己一下,"她说,"庆祝我们又住进了房子里。"

在这样一所大屋子里享用丰盛的晚餐真是一件愉快的事情,木地板结实而温暖,玻璃窗闪烁着夜色里的柔和星光。他们慢慢地吃着柔滑、冰爽的桃子，一小口一小口喝着金黄色的甜蜜果汁，最后恋恋不舍地舔了舔勺子。

晚餐结束后，她们麻利地收起碟子，放在洗碟盆里洗干净，然后收起了桌子的活动板，铺上红白格子桌布，并在桌子中央摆上了明亮的油灯。妈妈抱着格蕾丝坐在了摇椅里。爸爸说："美味的晚餐让人想弹奏几曲。把小提琴盒递给我，劳拉。"

爸爸紧了紧琴弦，调准音，给琴弓涂了点松香油。每当爸爸拉起小提琴，其乐融融的冬日夜晚又回来了。他心满意足地看了看她们，又看了看为她们遮风蔽雨、挡住寒冷的结实的墙壁。

"我一定要做几幅窗帘。"妈妈说。

爸爸把琴弓搭在琴上，说："你知道吗，卡罗琳，我们东边最近的邻居在六十英里开外的地方，西边最近的邻居离我们有四十英里。寒冬一来，我们就与世隔绝了，这里整个天地就只有我们了。今天我看见一队野鹅飞快地从高空飞过，它们都不肯在湖上逗留哪怕一小会儿，只管急匆匆往南飞。看起来它们是这个季节最后一批南飞的野鸟。连野鹅也离我们而去了。"

这时琴弓抚摸起琴弦，爸爸开始演奏。劳拉轻柔地合着琴音唱起了歌：

> 在那个寒风凛冽的夜晚，
> 寒风刮过渺无人烟的码头，
> 年轻的玛丽抱着年幼的孩儿，
> 步履蹒跚地来到她父亲的家门口。
> 可怜我苦命的人儿，父亲，请让我进去吧！
> 我祈求你的怜悯，

否则我的孩儿将死在我的怀里,
死在这刮过码头的寒风里。
她的父亲对她的哭喊无动于衷,
她的哭声、叫声被挡在了门外。
看门的狗叫了起来,
村庄里的钟声响了起来,
寒风刮过渺无人烟的码头——

爸爸突然停住。"这首歌不合适!"他大声说,"我怎么拉起了这首曲子!换首高兴的。"

于是小提琴欢快地奏出乐曲,爸爸跟着唱起来。劳拉、玛丽、卡莉也高声唱起来:

我的一生漂泊四方,
也遇到过重重困难,
但是无论境遇如何,
我都摇桨前行。

我的所求不多,
也不在乎债是否还清,
我抛下生命中的纷扰,
只管摇桨前行。

当你行走四方时,
爱你的邻居如同爱你自己,

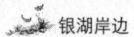银湖岸边

> 别流泪也别皱眉,
> 只管摇桨前行。

"今年冬天我们就得自力更生了。"爸爸说,"以前有很多次我们也都是靠自己挨过来的,是不是,卡罗琳?"

"是啊,查尔斯,"妈妈说,"而且不是每一次都像现在这样舒服,有这么丰富的食物。"

"我们就像钻进了米桶的老鼠一样舒服。"爸爸一边调音一边说,"我在马厩的角落里堆了好几袋燕麦,给牛和马多腾出了点地方。饲料够多的,它们爱吃多少吃多少,而且马厩里温暖舒适。嗯,我们要对这一切心存感激。"

然后爸爸又拉起了琴。快步舞曲、慢步舞曲、号笛舞曲、行军曲,美妙的琴声飞扬。妈妈把睡熟了的格蕾丝放在小滑轮床上,轻轻带上了门,然后她悠闲地坐在摇椅里,聆听琴曲。妈妈、玛丽、劳拉和卡莉都陶醉在乐声中,没人提起睡觉这回事,因为这是他们搬入新家后的第一个夜晚,第一个没有邻居做伴的夜晚。

过了很久,爸爸终于把琴和琴弓放进了琴盒里。他盖上盒盖时,窗外的夜色中传来一声悠长的嚎叫声,叫声孤寂而悲恸,好像就在不远的地方。

劳拉跳了起来,妈妈立刻冲到卧室里,抚慰尖叫的格蕾丝。卡莉被吓得一动不敢动,脸色煞白,一双圆眼睛睁得大大的。

"一定是——是一只狼,卡莉。"劳拉说。

"别怕,别怕。"爸爸说,"别人还以为你们以前从来没听见过狼叫呢。别担心,卡罗琳,马厩的门锁得牢牢的。"

最后一个人离开了

第二天清晨,阳光明媚,但是风更加寒冷,空气中似乎酝酿着暴风雪的气息。爸爸喂完牲口回来,在火炉旁暖手,妈妈和劳拉正把早餐端上桌,这时他们听见了马车吧嗒吧嗒的声音。

马车停在前门口,赶马车的人叫了一声,爸爸应声出了门。透过窗户,劳拉看见他们在冷风里说话。

过了一小会儿,爸爸回到屋里,一边急匆匆地穿上外套,戴上手套,一边说:"原来我们昨天晚上有一个邻居,他是个老人,独自一人生着病。我现在就去瞧瞧他,等我回来会把情况告诉你们的。"

于是爸爸和那个陌生人赶着马车走了,过了很久他才走回家来。

"哇!越来越冷了。"爸爸把外套、手套丢在椅子上,裹着围巾弯腰凑到炉子前烤火。"嗯,我刚刚做了一件好事。"

"那个赶马车的人是最后一个离开这里的家伙。他一路从吉姆河过来,连一个人影也没碰到,沿线营地全撤走了。昨天晚上天黑之后,他望见地基北边两英里的地方有灯光,于是把马车赶到那里,希望能找到过夜的地方。

"嗯,卡罗琳,结果他发现了一间建在宅地上的简陋棚屋,里面住着一个老头。老头名叫伍德沃斯,他得了肺病,是到草原上来治病的。他已经在宅地上住了一个夏天,还打算在那里过冬。

"但是他人非常虚弱,赶马车的人劝他离开这里,说再不走就走不了了,但是伍德沃斯不肯走。今天早上赶马车的人看见我们的烟囱在冒烟,就想过来看一看,看能不能找到人帮他劝劝那个老头。

"卡罗琳,他瘦得只剩皮包骨头了,但是倔强地坚持一定要留在草原上治病,说这是医生推荐的最管用的治疗方法。"

"四面八方的人都冲着这个到草原上来。"妈妈说。

"是的,我知道,卡罗琳。我猜这个疗法有效,只有草原的气候能治疗肺病。但是,你是没瞧见他的样子,卡罗琳,他真是瘦得不成人形,绝对不能一个人留在棚屋里,邻居还远在十五英里以外的地方。他应该回到他的家人和朋友们身边。

"后来,赶马车的人和我一起帮他整好了行李,把他和行李都装上了马车。我们把他抬上马车时,他轻得没有一点重量,和卡莉一样轻。他终于被我们说服了,高兴地离开了。他能回到东部的家人朋友身边真叫人高兴。"

"这么冷的天待在马车里会冻僵的。"妈妈边说边往炉膛里添煤。

"他穿得很暖和,裹了一件厚实的外套。我们还用被子把他裹了起来,热了一袋燕麦暖脚。他会熬过去的。那个赶马车的人真是个心善的家伙。"

劳拉一想到连那个老头也跟着最后一个赶马车的人走了,才真正意识到这个地方现在真的渺无人烟了。花上两天的时间才能到达大苏河,大苏河与吉姆河之间的广阔草原上,除了住在测量队房子里的他们一家人,就没有别人了。

"爸爸,今天早上你看见狼的脚印了吗?"劳拉问。

"看到了,有许多脚印,马厩周围都是。"爸爸回答,"脚印很大,一定是野牛狼,但是它们进不了马厩。野鸟都往南飞了,羚羊也被地基上的工人吓跑了,所以狼也不得不到其他地方去。它们不会待在逮不到猎物的地方。"

吃完早餐,爸爸去了马厩。劳拉一干完家务就披上头巾,朝马厩走去,她想看一看狼的脚印。

她从来没有见过这么大、这么深的脚印,那些狼一定非常健壮、高大。"野牛狼是草原上最大、最凶狠的狼。"爸爸对她说,"要是撞见一头野牛狼,身边又没带枪,那就糟了。"

爸爸仔细地查看马厩,检查是不是每一块木板都钉牢了,然后他又钉上一些钉子加固墙板。最后他在门上又装了一个门闩。"万一一个被弄坏了,另一个还能抵挡一阵子。"他说。

劳拉把钉子递给爸爸、爸爸往墙板上钉钉子的时候,雪花从空中飘落下来。风越刮越猛,但是风向没变,不像暴风雪时漫天席卷的狂风那般恐怖。但是刺骨的寒风肆虐,他们冷得没法开口说话。

在温暖的屋子里吃晚餐时,爸爸说:"我想这儿的冬天不会太糟糕,似乎明尼苏达州西部才会刮暴风雪,我们这儿处在更西的西部,据说西部温度三度时和南部一度时感觉是一样的。"

吃完晚餐,一家人聚在温暖的火炉旁。妈妈抱着格蕾丝在摇椅里慢慢地摇,劳拉为爸爸拿来了琴盒,于是欢快的冬夜又拉开了帷幕,爸爸唱了起来:

　　嗨!哥伦比亚,幸福之地,

> 嗨！天生的英雄们，
> 让我们坚定地团结，
> 团结在自由的周围，
> 组成兄弟般的队伍，
> 就能得到和平安全。

爸爸看了一眼玛丽，她安静地坐在火炉旁的摇椅里，双手叠在一起，睁着美丽却空洞的大眼睛。"你想听哪支曲子呢，玛丽？"

"我想听《高原玛丽》，爸爸。"

爸爸轻柔地拨动调子。"来吧，玛丽，唱起来！"他对玛丽说，然后他们一起高唱：

> 欢乐的绿桦树长得多么秀美，
> 山楂花开得多么繁盛，
> 在她们芬芳的绿荫下，
> 我将她拥入怀中。

> 天使翅膀上的美好时光，
> 载着我和我的爱人，
> 她对我比生命还要珍贵，
> 那就是我那美好的高原玛丽。

"真美！"最后一个音符消失时，玛丽说。

"美是美，却很哀伤。"劳拉说，"我喜欢《穿过麦田》。"

"我来拉琴，"爸爸说，"但是不能由我一个人唱，我一个人又拉又唱太不公平了。"

于是一家人一起唱起了这首欢快的歌,劳拉甚至站了起来,摆出涉水过小溪的样子,把裙子提得高过脚踝,扭头朝大家一边笑一边唱:

> 姑娘们都有心爱的小伙子,
> 只有你没有,她们嘲笑我,
> 可是当我穿过麦田时,
> 所有的小伙子都朝我笑。

接着,爸爸的小提琴上跳动起简短、欢快的音符,他唱了起来:

> 我是水上骑兵队的博爱队长,
> 我喂马儿吃玉米和豆子,
> 我想尽办法追逐青春年少的姑娘,
> 但是谁叫我是水上骑兵队的博爱队长呢!
> 我可是统领全军的队长!

爸爸对劳拉点了点头,劳拉跟着琴音唱起来:

> 我是麦迪逊广场的博爱夫人,
> 我穿漂亮的衣服、披卷曲的头发,
> 队长时不时来纠缠我,
> 他们把他踢出了军队!

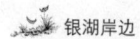

"劳拉!"妈妈说,"查尔斯,小姑娘可不该唱这样的歌!"

"她唱得很好。"爸爸说,"好了,卡莉,你也得唱唱跳跳。和劳拉一起站在这儿,跟着起舞吧。"

爸爸教她们手拉手、迈动步子跟着调子跳波尔卡舞,然后他拉起小提琴,姐妹俩在爸爸的歌声中翩翩起舞。

先脚跟、后脚趾,
一步一步迈起来。
先脚跟、后脚趾,
一步一步迈起来。
先脚跟后脚趾——

爸爸的琴越拉越快,她们也越跳越快,舞步越迈越高,不停地来来回回、绕圈起舞,直到在舞步和欢笑中喘个不停,热得浑身冒汗。

"好了,"爸爸说,"跳一会儿华尔兹吧。"于是乐声像绵长的波浪一样平缓地涌过来。"随着乐声轻盈地飘荡吧,"爸爸轻柔地唱,"轻盈地飘荡,平稳地滑动,优雅地转身。"

劳拉和卡莉迈着华尔兹舞步在房间里来回走动,又沿着房间绕圈,而这时格蕾丝坐在妈妈的膝盖上,圆眼睛睁得大大的,欣赏姐姐们的舞姿。玛丽静悄悄地聆听美妙的乐声和她们的舞步。

"跳得真好,姑娘们。"爸爸说,"今年冬天我们一定要多跳舞。你们已经长大了,一定要学会跳舞,你们俩都跳得棒极了。"

"哦,爸爸,别停下!"劳拉大声说。

"上床的时间早过了,"爸爸说,"春天来临前还会有许多个漫长温馨的夜晚呢。"

劳拉打开通往楼梯的门时,一股阴冷的空气迎面而来。她提着灯笼连忙蹦上台阶,玛丽和卡莉也紧紧跟在她身后。从一楼通上来的烟囱冒着零星暖意,她们借着这点暖意脱下衣服,哆嗦着套上睡袍。她们一边叽叽喳喳地说话,一边爬上了冰冷的床铺,然后劳拉吹灭了灯笼。

黑漆漆的房间里,劳拉和玛丽紧紧地偎依在一起,慢慢地被窝不再像冰窖那么寒冷了。整栋房子周围是无边无际的寒夜,除了黝黑冰冷的夜色便只有孤寂的寒风了。

"玛丽,"劳拉低声说,"我猜狼群已经离开了。我没听见狼叫声,你听见了吗?"

"但愿它们离开了。"玛丽昏昏欲睡地回答。

冬日

天越来越冷,银湖结了冰。雪花才落在冰封的湖面上,就被风裹挟着吹进了沼泽地高高的草丛里,然后没入低岸边的水波里。

整个雪白的大草原寂静不动,只有雪花漫天飞扬;天地一片阒然,只有风呼啸而过。

温暖的小屋里,劳拉和卡莉帮妈妈做家务,格蕾丝迈着蹒跚的脚步满屋子乱跑,自顾自玩耍。玩累了,她就爬上玛丽的膝头,因为那是她温暖的港湾,玛丽总会耐心地给她讲故事。她听着故事就慢慢睡着了。妈妈把她放在炉子旁的滑轮床上,然后一家人安稳地坐在椅子里织毛衣、绣花、用钩针编织东西,度过温馨的午后。

爸爸出门喂牲口,沿着大沼泽地设下捕猎器。他把逮到的狐狸、小狼、麝鼠带回单坡顶小屋里剥皮,然后把兽皮钉在木板上风干。

草原变得荒凉、了无生机,风寒冷刺骨,玛丽几乎足不出户,她喜欢待在温暖舒适的屋子里做针线活,用劳拉为她穿好的针线缝出细密平整的针脚。

黄昏来临,玛丽依然埋头做针线活。她对劳拉说:"你看不见的时候我却还能继续缝,因为我的手指看得见。"

"无论什么时候你都缝得比我的漂亮,"劳拉说,"你总是那么能干。"

虽然劳拉不像玛丽那样喜欢做针线活,但是她也喜欢上了

冬日

这样温馨的午后时光。她们坐在摇椅里缝缝补补，偶尔开心地聊一会儿。不过劳拉通常是坐不住的，她总会从一扇窗户踱到另一扇窗户，欣赏一会儿在天地间飞旋的雪花，听一阵子呼啦啦的风声，直到妈妈轻柔地问她："我真不知道你的小脑瓜里又在想什么，劳拉。"

晴天时，无论外面多冷，劳拉是一定要出门的。一旦得到妈妈的允许，她和卡莉就紧紧裹上大衣和风帽，穿上靴子，戴上手套、头巾，到银湖上去溜冰。她们俩手拉手，先迈开步子小跑一会儿，然后顺着光滑、暗沉的冰面滑去。她们先提起左脚，再提起右脚，然后小跑一阵子，就这样来来回回地滑动，玩得不亦乐乎，喘着粗气却浑身暖洋洋的。

寒冷却明媚的户外玩耍日是最快乐的时光，一番尽兴的玩乐之后回到温馨的屋子里，吃上一顿丰盛的晚餐，更是令人开心。随后冬日夜晚的音乐声、歌声响起，舞步跳起来，劳拉觉得自己是最幸

福的人。

一个暴风雪天,爸爸带回来一块宽宽的方形木板。他把木板竖在火炉旁,然后用铅笔在空白的边界上画出小方格。

"你到底在做什么啊,爸爸?"劳拉问。然后爸爸回答:"你等着看吧!"

爸爸把火钳在炉膛里热得发红,然后小心翼翼地把小方格一块隔一块烫成黑色。

"好奇害死猫,爸爸。"劳拉说。

"但是你看起来很健康。"爸爸说。他像是故意逗她们似的,不紧不慢地用刀削出二十四块小木块,然后把其中的十二块放在炉子上烤,直到小木块全变成了黑色。

然后他把小木块排列在木板上的方格里,再把木板放在他的膝头。

"好了,劳拉。"他说。

"什么好了?"劳拉问。

"这是象棋,这是象棋的棋板。把你的椅子拉过来,我教你怎么玩象棋。"

劳拉学得飞快,暴风雪停息前她已经赢了爸爸一局。但是之后,父女俩就不怎么玩了,因为妈妈和卡莉都不喜欢下象棋。爸爸总是在他们玩了一局后把棋板收起来。

"下棋是自私的游戏,"他说,"因为只有两个人能玩。把小提琴拿来吧,小丫头。"

冬日

银湖边的狼

有一天晚上，皎洁的月光洒在银湖上，大地一片白皑皑的，连风也悄然不动。

窗户外的雪白世界在银光闪闪的白雪中蔓延，低垂的天幕中星光闪烁。劳拉的心焦躁不安，她不想下棋，不想跳舞，连爸爸小提琴上传出的悠扬乐声也似乎听不见了。她只想迈开脚步，飞快地跑到屋子外头去。

突然她大叫一声："卡莉，我们去银湖上溜冰吧！"

"晚上出去溜冰，劳拉？"妈妈十分惊讶。

"外面有月光，"劳拉说，"和白天一样明亮。"

"没事的，卡罗琳，"爸爸说，"如果玩一会儿就回来，不会有东西伤害她们的，也不会冻坏的。"

于是妈妈对她们说："去去就回，别待太久，会冻坏的。"

劳拉和卡莉连忙裹上大衣、风帽、手套。她们穿上了新鞋，鞋底很厚实。妈妈为她们织的羊毛长筒袜又厚又暖和，红色法兰绒内衣盖过膝盖，扣在长筒袜外。她们的法兰绒衬裙又厚又暖和，羊毛裙子、大衣、风帽、手套也一样厚实暖和。

她们欢快地冲出温暖的屋子，迎面而来的寒冷空气一下子让她们屏住了呼吸。她们沿着低矮的小山丘和马厩间白雪皑皑的小路赛跑，然后走上马和牛踏出来的小路。这条小路是爸爸赶着牛马穿过雪地去银湖冰窟窿里饮水时留下的。

"我们千万不能靠近冰窟窿。"劳拉说，然后她带着卡莉沿着银湖岸往前走，离那个洞越来越远。走了一会儿，她们停下脚步，欣赏美丽的夜色。

夜色美得令人窒息。圆圆的月亮挂在天幕上，皎洁的月光为银装素裹的世界披上一层朦胧的光芒。四野阒然无声、纹丝不动，闪烁着柔和的光芒。最中央的地方安静地躺着平坦、黝黑的银湖。湖面上横跨着一条银光闪闪的月光路。沼泽地里覆盖着白雪的高高的草丛像是幢幢的黑影。

湖岸边的马厩矮矮的、黑漆漆的，矮山坡上的测量队屋子此时也显得小小的、黑漆漆的，窗户里橘黄色的灯光在黝黑的夜色里闪烁。

"多宁静啊，"卡莉低声说，"你听这寂静的声音。"

劳拉的心飞扬起来。她觉得自己融入了这片广袤的土地，融入了深邃高远的天空，融入了明媚的月光里。她真想展翅飞翔，但是卡莉年纪小，胆子也小，于是她抓住卡莉的手，说："我们溜冰吧。来吧，跑起来！"

她们俩手拉手，跑了一小段路，然后提起左脚用右脚在光滑的冰面上滑了长长的一段路。

"走到月光里来，卡莉！我们沿着月光路溜。"劳拉说。

于是她们跑啊、溜啊，沿着银光闪闪的月光路，在月光里滑动。就这样她们离湖岸越来越远，径直溜到了银湖另一侧的高岸边。

她们一个俯冲，真的像是快要飞起来了。卡莉失去平衡时，劳拉把她扶住；劳拉趔趄时，卡莉又紧紧抓住她。

她们溜进了高岸的阴影里才停了下来。有个东西让劳拉不由自主地抬头看。

月光下,高高的湖岸上蹲着一只巨大的狼!

狼也朝她看。它的毛发在风中抖动,月光在它的身上闪烁明灭。

"我们回去吧,"劳拉一边飞快地说,一边拉着卡莉转身,"看谁跑得快。"

她又跑又溜,拼尽全力向前冲,卡莉也紧紧跟上。

"我也看见了。"卡莉喘着气说,"那是一头狼吗?"

"别说话!"劳拉说,"快走!"

劳拉听得见脚踏在冰上和滑过冰面的声音,她又留神听身后的声音,但是发现身后依然静悄悄的。然后她们一句话也不说,只管跑啊、溜啊,最后跑上了冰窟窿边的小路。沿着小路向上跑的时候,劳拉扭头张望,但是湖面上、湖岸上根本没有狼的踪影。

劳拉和卡莉不停地奔跑,跑上山坡,跑向屋子,然后径直打开后门,冲进单坡顶小屋里。然后她们又一口气跑过小屋,推开门冲进屋里,砰的一声把门紧紧关上,才靠着门大口大口地喘气。

爸爸立刻跳起来。"出什么事了?"他问,"怎么被吓成这样?"

"那是一头狼吗,劳拉?"卡莉喘着气问。

"是一头狼,爸爸。"劳拉一边吸了一大口气一边说,"是一头巨大的狼!我真担心卡莉跑不快,不过她跑得够快。"

"她确实跑得够快!"爸爸大声说,"这头狼现在到哪儿去了?"

"不知道,不见了。"劳拉说。

妈妈帮她们脱掉防寒的衣物,说:"坐下歇歇,你们俩都快喘不过气来了。"

"那头狼是在哪里出现的?"爸爸问。

"湖岸上。"卡莉回答。然后劳拉加了一句:"湖对面的高岸上。"

"你们俩径直溜到了那里?"爸爸惊讶地问,"看见狼之后一路跑回来!我可真没料到你们会跑这么远,那里离这儿有半英里路。"

"我们沿着湖面上的月光路走的。"劳拉说。爸爸不可思议地看着她。"谢天谢地!我原以为狼群已经离开了。我真是太粗心了,明天我就去捕狼。"

玛丽纹丝不动地坐着,可是她的脸色苍白。"哦,姑娘们,"她低声说,"万一它逮住了你们可如何是好!"

接着一家人安静地围坐在一起,劳拉和卡莉趁机休息。

荒凉的草原被关在了门外,劳拉知道自己又回到了温暖的屋子里,心里高兴起来。她真担心,万一卡莉有什么不测,那都是她的错,是她把卡莉带到了湖对岸。

幸亏没出什么事。她的眼前似乎又出现了那头威风凛凛的狼,被风吹拂的毛发在月光中闪闪发亮。

"爸爸。"劳拉低声说。

"什么事,劳拉?"爸爸问。

"我希望你找不到那头狼,爸爸。"劳拉说。

"为什么呢?"妈妈问。

"因为它没追我们。"劳拉回答,"它没追我们,爸爸,原本它很容易就能逮住我们。"

这时远方传来一声狂野而悠长的狼嚎声,很快叫声消失在寂静的夜色中。

又响起另一声狼嚎,像是在彼此回应。接着一切又归于沉寂。

劳拉的心里七上八下,猛地站了起来又瘫倒下去,幸好妈妈一把扶住她。

"可怜的丫头！你现在像一只受了惊的小鸟。"妈妈温柔地说。

妈妈从炉子后面叉起一块烫热的铁块，用一块布裹紧，递给了卡莉。

"该睡觉了。"她说，"用热铁块暖暖脚。"

"这一块给你，劳拉。"妈妈包了另一块，"把它放在床中央，让玛丽的脚也能够到。"

劳拉关上楼梯间门的时候，爸爸认真地和妈妈说话，但是劳拉听不清他在说什么，因为她的耳朵里一直在嗡嗡嗡地响。

爸爸找到了宅地

第二天吃完早餐，爸爸拿就起枪出门去了。整个早上，劳拉都在留神听枪声，但她又不希望枪声响起。她的脑海里总是浮现那只狼安静地蹲在月光下的模样，厚实的毛发间闪烁着银色的月光。

爸爸迟迟没有回来吃午餐。正午过去很久后，他才走进单坡顶小屋里，跺掉鞋上的积雪。然后他走进屋里，把枪挂在墙上，帽子、大衣挂在钉子上。手套挂在炉子后面烘烤。他在放在长凳上的锡盆里洗了脸和手，又对着挂在上方的小镜子梳理头发和胡须。

"对不起，让你们等了这么久，卡罗琳。"爸爸说，"我比预料的走得远多了。"

"没关系，查尔斯，午饭都热着呢。"妈妈说，"开饭了，姑娘们！别叫爸爸等！"

"你走了多远，爸爸？"玛丽问。

"总共十英里多。"爸爸回答，"我跟着狼的脚印越走越远。"

"你逮到狼了吗，爸爸？"卡莉问。劳拉一言不发。

爸爸笑着对卡莉说："好了，好了，别问问题了，我原原本本地讲给你们听。我沿着昨天晚上你们俩的脚印穿过银湖，你们猜我在高岸那边发现了什么？"

"你发现了狼。"卡莉自信地说，可是劳拉依旧一言不发。饭菜卡在了她的喉咙口，她几乎咽不下去了。

"我发现了狼窝,"爸爸说,"还有我见过的最大的狼脚印。姑娘们,昨天晚上狼窝里住着两头野牛狼。"

玛丽和卡莉大吃一惊。妈妈也惊讶地叫了一声:"查尔斯!"

"现在用不着害怕了。"爸爸说,"但是你们俩昨天晚上胆子可真够大的,你们跑到了狼窝边,狼就住在里头。

"它们留下的脚印十分清晰,从它们的脚印能看出它们的行踪。它们待的是一个老狼窝,从脚印的尺寸来看它们都是成年的狼。我猜它们在这儿住过几年,但是今年冬天却在别的地方过冬。

"昨天傍晚它们从西北方来到这里,径直住进了那个狼窝。它们从狼窝里进进出出,绕着它逡巡。我从那里开始追踪,然后沿着大沼泽地继续往前,直到狼脚印消失在西南方的草原上。

"它们离开狼窝后就一直没有停下脚步,肩并肩一路小跑,似乎是踏上了一段漫长的旅程,而且目的地非常明确。我跟了它们很长一段路,它们是再也不会回来的,所以没必要对它们开枪了。"

劳拉长长地吸了口气,仿佛她先前已经忘了呼吸这回事了。爸爸看着她。"这下子你高兴了吧,劳拉?"爸爸问。

"是的,爸爸,我很高兴。"劳拉回答,"它们确实没有追我们。"

"是啊,劳拉,它们没有追你们。我打死也想不出来它们为什么没有追你们。"

"它们在老狼窝里干什么呢?"妈妈问。

"它们只是回来看一看。"爸爸说,"我想它们是故地重游,以前就住在这里,只是后来筑路队驻扎在了这里,羚羊也离开了。也许这里是它们的故乡,后来最后一只野牛也死在了猎枪下。这个地区曾经遍布野牛狼,现在就算是草原附近也所剩无几。不断延伸的铁路和扩展的居住区把它们赶到了更遥远的西部。凭我观察野兽脚印的经验,有一件事可以肯定,这两头狼是径直从西部跑来的,然后又径直回西部,它们来这里就是为了在老狼窝里过一晚。我敢相信它们是这个地方最后的两头野牛狼。"

"哦,爸爸,它们真可怜。"劳拉哀伤地说。

"老天怜悯我们吧!"妈妈轻快地说,"也可怜可怜那些野兽。谢天谢地,昨天晚上它们只是把你们吓坏了,没有伤害你们。"

"还有另外一件事,卡罗琳!"爸爸大声说,"我有个消息要宣布,我找到我们的宅地了。"

"哦,在哪里,爸爸?什么样的?有多远?"玛丽、劳拉、卡莉激动地问。妈妈说:"太好了,查尔斯!"

爸爸把餐盘往外一推,喝了口茶,抹了抹胡须,然后说:"这块地各方面都很合适。它就在银湖和大沼泽地交汇处的南面,大沼泽地蜿蜒从它的西边绕过去。沼泽南面的草原微微高耸,让那块地成了安家的风水宝地。这块地西边有一座小山,紧紧挨着沼泽地。这块四分之一平方英里的土地南侧是地势稍高的干草地和耕地,其余都是优良的牧场,真是靠天吃饭的农民梦寐以求的好地。而且那里临近市镇,姑娘们就可以上学了。"

"我真高兴,查尔斯。"妈妈说。

"这件事说来有趣。"爸爸说,"几个月来,我一直在寻找宅地,但是一直没有找到合适的,而这块地其实一直静静地躺在那里。要不是为了追赶这两头狼,到了银湖对岸,又沿着大沼泽地一路走过去,我是永远也不会发现它的。"

"如果秋天就把它登记了该多好!"妈妈担心地说。

"今天冬天不会有人来这里的,"爸爸自信地说,"我会赶在开春寻找宅地的人到来前去布鲁金斯把地登记好。"

银湖岸边

圣诞节前夕

雪下了一天，大片大片轻柔的雪花从空中簌簌落下。风儿静悄悄的，地上积起厚厚的一层雪。傍晚爸爸出门喂牲口时拿了一把铁锹。

"嗯，今年要过一个白色圣诞节了。"他说。

"是啊，我们一家人在一起，无病无灾，所以今年的圣诞节是个快乐的节日。"妈妈说。

测量队的屋子里满是圣诞节的秘密。玛丽织了一双暖和的新袜子，是她准备送给爸爸的圣诞礼物。劳拉在妈妈的废料袋里找到一块丝绸，给爸爸做了一条领带。她和卡莉躲在阁楼里，用原来挂在棚屋里的一块印花棉布帘子为妈妈缝了一条围裙。她们又在废料袋里找到一块精致的白色平纹细布。劳拉把它剪成齐整的方块，玛丽悄悄地在四边缝上细密的针脚，做成送给妈妈的手帕。她们把手帕放在了围裙的口袋里，然后用棉纸把围裙包好，藏在玛丽的拼布盒子里。

家里原来有一条毯子，末端是红绿色的条纹。毯子已经磨旧了，但是条纹末端完好无损，于是妈妈用它为玛丽裁了一双拖鞋。劳拉缝了一只，卡莉缝了另一只。鞋里鞋外，她们俩一针一针缝得格外仔细，再用毛线做成流苏点缀在鞋面上。鞋子缝好后藏在了妈妈的卧室里，不让玛丽发现。

劳拉和玛丽想要为卡莉织手套,可是没有足够的毛线。她们手头只有一点白色的毛线、一点红色的毛线、一点蓝色的毛线,可是每种颜色都不够织一双手套。

"有了!"玛丽说,"我们用白色的毛线织手指部分,手腕的地方织成红蓝色的条纹!"每天早晨,劳拉和玛丽趁卡莉在阁楼里整理床铺的时候,就飞快地织手套。一听见她下楼的脚步声,她们就把手套藏在玛丽的针线篮里。现在一双崭新的手套已经做好了,就躺在篮子里。

格蕾丝的圣诞礼物是最漂亮的。一家人一起坐在温暖的房间里为她做这件特别的礼物,因为她还小,没发现大家在为她做礼物。

妈妈从珍藏的包裹里拿出天鹅皮,裁了一顶小风帽。天鹅皮纤细柔软,妈妈不放心把这样精细的针线活交给别人,于是自己小心翼翼地缝风帽。不过她让劳拉和卡莉用从废料包里找到的蓝色丝绸碎布拼了风帽的衬里。然后妈妈把天鹅皮风帽和衬里缝在一起,这样风帽就不会被扯坏了。

接着妈妈又在废料袋里找了找,挑出一块柔软的蓝色毛料,那是她以前一条最漂亮的冬裙的料子。妈妈把它裁成了一件小外套,劳拉和卡莉把小外套缝好、熨平,然后玛丽给下摆细细地缝了边。妈妈又用柔软的天鹅绒缝了一个衣领和一双袖口。

蓝色的外套镶嵌着白色的天鹅绒,精致的天鹅皮风帽里蓝色的衬里像格蕾丝的眼睛一样蓝,整件衣服真是漂亮极了。

"真像是在给洋娃娃做衣服。"劳拉说。

"格蕾丝比哪个洋娃娃都更可爱!"玛丽大声说。

"哦,现在就给她穿上吧!"卡莉激动得手舞足蹈。

可是妈妈说外套和风帽一定要放到圣诞节当天再穿,于是它们被收了起来，等着明天一早隆重登场。

爸爸出门打猎去了。他说他要逮一只大野兔，拿回来做圣诞节大餐。结果真的被他逮到了。她们从没见过这么大的野兔。野兔被剥皮、清理干净后冻在单坡顶小屋里，等着明天做成烤野兔圣诞大餐。

爸爸从马厩回来，跺掉脚上的积雪，掸掉胡须上的冰凌，摊开手掌凑在火炉前烤火。

"哟！"爸爸说，"圣诞前夜来了寒潮，圣诞老人冷得都不敢出门了。"他边说边对卡莉眨眼。

"我们才不需要圣诞老人呢！我们都——"卡莉刚开口就立刻捂住了嘴巴，然后飞快地瞟了一眼劳拉和玛丽，生怕她们发现自己差点说漏了嘴。

爸爸愉快地看着大家，然后转过身让火炉里的热气暖暖他的后背。

"不管怎样，我们有屋子住，温暖又舒适。"爸爸说，"艾伦、山姆和大卫在马厩里也很舒服，我给它们准备了平安夜大餐。嗯，这真是一个舒心的圣诞节。是不是啊，卡罗琳？"

"是啊，查尔斯，是的。"妈妈说。然后妈妈把热玉米粥端上桌，又倒了牛奶。"来吧，吃晚餐吧，一顿热气腾腾的晚餐能让你一下子暖洋洋的，查尔斯。"

他们一边吃晚餐一边聊起了以前的圣诞节。一家人一起度过了许多个圣诞节，今年也不例外。他们住在温暖的屋子里，吃着丰盛的圣诞节晚餐，心情好极了。楼上劳拉的箱子里，碎布娃娃夏洛特还静静地躺在里面，它是在大森林里时劳拉从长袜子里发现的圣诞礼物。住在印第安保留区时收到的圣诞礼物锡杯和钱币如今已经不见了，但是劳拉和玛丽一直惦记着爱德华先生，是他步行四十英里来回独立镇，从圣诞老人那里取回了圣诞礼物。自从爱德华先生独自沿着弗迪格里斯河往下游去后，就没了他的音信。他们真担心他有什么不测。

"无论他身处何方，祝福他和我们一样幸运。"爸爸说。是的，无论他在哪里，他们都会想念他，并祝他幸福。

"今年你陪在我们身边了，爸爸，"劳拉说，"你没有在暴风雪里迷路。"有那么一会儿，她们都静静地看着爸爸，回想起那个可怕的圣诞节，那天爸爸差点回不了家，一家人提心吊胆怕爸爸出事了。

妈妈的眼里闪烁着泪花，她想要收住泪水，却不得不抬手擦泪。大家装作没看见。"我心里充满了感激，查尔斯。"妈妈一边擤鼻涕一边说。

接着爸爸哈哈大笑起来。"我真是闹了个大笑话！"爸爸说，"我饿了三天三夜，把牡蛎饼干和圣诞糖果全吃了，却压根没想到自己就躺在小溪的河岸下面，离家不到一百码！"

"我觉得最好的圣诞节就是在主日学校过的那个圣诞节，有圣诞树。"玛丽说，"你那时还太小，记不得了吧，卡莉？不过那真是个美妙的圣诞节。"

"还是不如今年的圣诞节好，"劳拉说，"因为现在卡莉长大了，什么都记得了，而且我们还有了格蕾丝。"没被野狼伤到一根汗毛的卡莉就坐在大家身边，而她们最小的妹妹格蕾丝坐在妈妈的膝头，一头金发像阳光一样明媚，一双蓝色的大眼睛美得像紫罗兰。

"是啊，今年的圣诞节是最好的一个。"玛丽说，"也许明年这里就会有主日学校了。"

吃完了玉米粥,爸爸又喝光了碗里最后一滴牛奶,然后喝起了茶。"嗯,"他说,"我们没有圣诞树,银湖边连一棵灌木也找不到。就我们一家人的话也没必要砍棵圣诞树了,不过我们可以自己搞一个小型庆祝活动,玛丽。"

爸爸去拿小提琴盒,妈妈和劳拉把碗、罐子洗干净收起来,然后爸爸调琴音,为琴弓擦松香油。

窗玻璃上结了厚厚的一层霜,就连门缝里也开出了霜花。朦胧的玻璃窗外飞雪漫天。可是屋子里,红白格子桌布上亮着明亮的油灯,火炉里散发出暖暖的热气。

"吃饱了饭不能马上唱歌。"爸爸说,"我先拉几首给你们听。"

爸爸欢快地拉起《到俄亥俄州河的下游去》《为何铃声如此欢快》,还有——

叮叮当,叮叮当,
铃儿响叮当,
今晚滑雪多快乐,
我们坐在雪橇上。

然后他停下来,笑眯眯地问大家:"你们准备好了吗?"

琴音一变,欢乐颂歌的调子从琴上飘出来,爸爸拉完前奏,大家便一起唱起来:

是的,一个明媚的早晨即将到来,
美好的日子也快来了。
整个世界将要醒来,

迎接金色的黎明。
人们将走来，说，
走吧，我们去圣山寻找上帝！
他将教导我们，指引我们，
我们将走上他指明的道路。

琴音悠扬，爸爸似乎沉浸在自己的思绪中，但是很快琴弦轻柔地颤动，飘出了另一首曲子，于是大家一起唱了起来：

太阳温暖了小草的生命，
露水滋润了低垂的花朵，
睁开明亮的双眼，
看一看秋日的曙光。

亲切的话语，
真诚的微笑，
比夏日的时光还要温暖，
比清晨的露珠还要清澈。

世界多么美妙，
却不会给予我们太多，
黄金和珠宝
不能满足人心，
哦，但是那些围绕在圣坛周围的人，
说着亲切的话语，

露出真诚的微笑，

　　这个世界是多么美妙！

　　玛丽突然在乐声中叫了起来："什么声音？"

　　"怎么啦，玛丽？"爸爸问。

　　"我像是听见了一个声音——你们听！"玛丽说。

　　一家人侧耳倾听。油灯发出细微的咝咝声，火炉里的煤炭轻轻地嗞嗞响。煤油灯光透过霜花覆盖的玻璃窗洒向屋外，漫天飞舞的雪花在灯光里晶莹闪烁。

　　"你听见什么了，玛丽？"爸爸问。

　　"听起来像是——又响了！"

　　这一次他们都听见了。黑夜的暴风雪里，有个人在叫喊。他叫了一声又一声，声音仿佛就在屋外。

　　妈妈猛地站起来。"查尔斯，到底会是谁？"

平安夜来客

爸爸把小提琴收进盒子里，飞快地打开前门。裹挟着雪花的冷风呼啸而入，沙哑的声音又响了起来。"你——你好！英格斯！"

"是博斯特！"爸爸大声说，"快进来！快进来！"爸爸抓起外套和帽子，飞快地套在身上，走到了寒冷的屋外。

"他一定快冻僵了！"妈妈惊讶地说，连忙往火炉里添煤炭。屋外传来了说话声和博斯特先生的笑声。

接着门被推开了，爸爸大声说："博斯特夫人也来了，卡罗琳。我们去拴马。"

博斯特夫人里三层外三层裹着厚厚的外套和毯子。妈妈连忙帮她脱下衣物。"快到炉子边烤烤火！你一定冻坏了！"

"哦，还好。"一个愉悦的声音回答，"坐在马背上很暖和，而且罗伯特用这些毯子把我紧紧裹住，寒风一点儿也吹不到我身上。我的马是他牵的，所以我的手也藏在了毯子底下。"

"面纱也冻住了。"妈妈边说边从博斯特夫人头上摘下冻得硬邦邦的羊毛面纱。皮毛边的风帽下露出博斯特夫人的脸蛋。她看起来比玛丽大不了多少，留着一头柔软的褐色头发，一双蓝色的眼睛眨巴着长长的睫毛。

"你们这一路都是骑马来的吗，博斯特夫人？"妈妈问她。

"哦，不是的。只骑了两英里。我们原先坐的是雪橇，但是后

平安夜来客

来雪橇陷在沼泽地的积雪里了,马和雪橇一头扎在了雪堆里。"她说,"罗伯特把马拉了出来,但是雪橇陷在了里头。"

"原来是这么回事。"妈妈说,"雪盖住了沼泽地的草丛,压根就分辨不清哪里是路,积雪下的草又承受不了重量。"妈妈帮博斯特夫人脱下外套。

"坐到我的椅子里吧,博斯特夫人,这里暖和。"玛丽说。但是博斯特夫人说她坐在玛丽身边就好了。

爸爸和博斯特先生走进单坡顶小屋,重重地跺掉脚上的雪。这时博斯特先生放声大笑,屋子里所有人也跟着笑起来,就连妈妈也笑了。

"我不知道为什么,"劳拉对博斯特夫人说,"我们连笑什么都没搞清楚,可是只要一听见博斯特先生笑,我们就忍不住——"

博斯特夫人笑着说:"笑声是有感染力的。"劳拉看着她那双笑意融融的蓝眼睛,心想今年的圣诞节一定是一个分外欢快的节日。

妈妈一边搅拌做饼干的面团一边对博斯特先生说:"你好,博

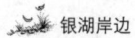

斯特先生。你和夫人一定饿坏了。晚餐马上就好。"

劳拉把咸猪肉放在煎锅里烫熟,妈妈把饼干放进烤箱。然后妈妈去掉咸猪肉上的水,抹上面粉,放进锅里煎。劳拉在一旁削土豆。

"我来做炸土豆片,"妈妈低声对劳拉说,"煮一锅牛奶肉汁,再沏一壶茶。我们有充足的食物招待他们,但是礼物该怎么办呢?"

劳拉压根没想过这个问题,他们确实没有为博斯特夫妇准备礼物。妈妈飞快地走出储藏室,去做炸土豆片和肉汁。劳拉去摆餐桌。

"我很久没吃过这么美味的晚餐了。"博斯特夫人吃完晚餐后说。

"我以为要到开春才能见到你们呢。"爸爸说,"寒冬腊月出门赶路太不容易了。"

"确实如此。"博斯特先生回答,"不过我告诉你,英格斯,春天一到,所有人会向西部拥来。整个爱荷华州的人会倾巢出动,所以我们必须赶在他们前面,不然我们看中的宅地就会被别人抢去。所以我们就来了,不管天气多么恶劣。你也早该在秋天时就把宅地登记了,到了开春就得争分夺秒了,不然土地就会被抢得一丁点儿也不剩了。"

爸爸和妈妈严肃地对视了一眼,他们想到了爸爸刚发现的那块宅地,但是妈妈只说了一句:"夜深了,博斯特夫人一定累坏了。"

"我确实累了,"博斯特夫人说,"赶路确实辛苦,遭遇了暴风雪,又碰上雪橇陷在雪里、不得不骑马的糟糕事。我们看见你们屋里的灯光时不知道有多高兴。等我们走到附近,听见了你们的歌声,觉得简直像天籁一样动听。"

"你带博斯特夫人去睡吧,卡罗琳,我和博斯特就睡在火炉边。"爸爸说,"我们再唱一首歌,然后就睡觉了。"

爸爸从盒子里拿起小提琴,试了一下音。"我们唱什么呢,博斯特?"

"《圣诞无处不在》。"博斯特先生说。博斯特先生的男高音汇入爸爸的男低音中,博斯特夫人柔美的女低音、劳拉和玛丽的女高音、妈妈的女低音也纷纷融入歌声中。卡莉清脆的高音让歌声变得愈加快活。

> 欢乐,欢乐的圣诞无处不在!
> 空气中弥漫着欢快的气息,
> 圣诞钟声,圣诞树,
> 和微风中圣诞的味道。
>
> 我们为何如此欢乐,
> 欢乐地唱诵?
> 荣耀的太阳,
> 将光芒洒在各地!
>
> 光芒照耀疲惫的流浪者,
> 安慰受压迫的心灵;
> 他将指引深信他的人,
> 奔向恒久的安宁。

"晚安!晚安!"大家互道晚安。妈妈到楼上拿来卡莉的被褥,为爸爸和博斯特先生铺地铺。"他们的毯子湿透了,"妈妈说,"你们三个姑娘今晚就一起睡吧。"

"妈妈,礼物怎么办?"劳拉低声问。

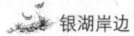 银湖岸边

"别担心,我会想办法的。"妈妈轻声回答。"好了,睡觉吧,姑娘们,"她响亮地说,"晚安,做个好梦!"

楼下,博斯特夫人轻轻地吟哦:"光芒照耀疲惫的流浪者……"

快乐的圣诞节

第二天一早,劳拉听见了砰的一声关门声,知道是爸爸和博斯特先生出去喂牲口了,她立刻在冷飕飕的房间里穿好衣服,飞奔下楼,准备帮妈妈做早餐。

可是妈妈已经有博斯特夫人做帮手了。炉火烧得很旺,把房间烤得暖洋洋的。长柄煎锅里正煎着玉米糊,烧水壶里正煮着开水,早餐桌也已经摆好了。

"圣诞快乐!"妈妈和博斯特夫人齐声说。

"圣诞快乐!"劳拉边说边盯着桌子看。每个盘子都和往常一样上下颠倒盖在刀叉上,但是盘子底上都放着包裹,有的大,有的小,有的包着彩色的棉纸,有的裹着普通的包装纸,上面都系着彩色的缎带。

"你瞧,劳拉,昨天晚上我们没挂长筒袜,"妈妈说,"所以我们就直接在早餐桌上拆礼物吧。"

劳拉立刻转身跑上楼,告诉玛丽和卡莉早餐桌上放满了圣诞礼物。"除了妈妈的礼物,她知道我们把礼物都藏在哪里了,"劳拉说,"现在礼物都放在桌子上了。"

"可是我们不能拆礼物啊!"玛丽惊骇地说,"我们什么也没给博斯特先生、夫人准备。"

"妈妈有办法的,"劳拉回答,"她昨晚告诉我的。"

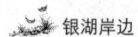

"有什么办法呢?"玛丽问,"我们原先不知道他们会来。我们没有什么东西能送给他们的。"

"妈妈会有办法的。"劳拉说。她从玛丽的盒子里拿出送给妈妈的礼物,然后藏在身后和玛丽、卡莉一起下楼。卡莉挡在劳拉和妈妈之间,劳拉趁机把包裹放在了妈妈的盘子上。博斯特夫人的盘子上有一个小包裹,博斯特先生的盘子上也一样。

"哦,我都等不及了!"卡莉搓着小手低声说。她瘦削的脸蛋雪白雪白的,一双大眼睛扑闪扑闪的。

"你最有耐心了!我们一起耐心等待吧!"劳拉说。年幼的格蕾丝不会注意到摆满了圣诞礼物的餐桌,所以不用煎熬着等待拆开礼物的时刻。可是就连她也激动得手舞足蹈,玛丽都没法替她扣上纽扣了。

"圣诞快乐!圣诞快乐!"格蕾丝扭动身体,口齿不清地嚷嚷。她从玛丽怀里挣脱开就嚷嚷着到处乱跑,直到妈妈轻柔地告诉她,小孩子不该大声乱叫,不能到处乱跑。

"到这里来,格蕾丝,看看外面的景色。"卡莉说。她朝窗玻璃上的霜花哈了一口气,把窗玻璃擦出干净的一小块,然后和格蕾丝站在窗前往外看。过了好一会儿,卡莉说:"他们回来了。"

单坡顶小屋里响起一阵重重的跺脚声,然后爸爸和博斯特先生走了进来。

"圣诞快乐!圣诞快乐!"他俩一起大声说。

格蕾丝立刻躲到妈妈身后,揪住妈妈的裙子,然后小心翼翼地探出头,好奇地打量面前的这个陌生人。爸爸一下把她抱起来,抛到空中,就像劳拉小的时候他也常常把劳拉抛过头顶一样。和劳拉一样,格蕾丝高兴地尖叫。劳拉想到自己现在是大姑娘了,不然这时她也一定哈哈大笑起来。温暖舒适的房子里香气四溢,还有远道而来的客人与他们一起过节,他们心里快乐极了。布满了霜花的窗户上泛着银光,当他们在令人激动的圣诞餐桌旁落座的时候,东边的窗户霎时变成了金色。屋外,白雪皑皑的大草原依然寂静无声,但却洒满了金色的阳光。

"你先拆礼物吧,博斯特夫人。"妈妈这么说,因为博斯特夫人是客人。于是博斯特夫人打开了她面前的包裹,里面是一条钩针蕾丝花边的绣花手帕。劳拉认出来那是妈妈最精美的礼拜日手帕。博斯特夫人既高兴又惊讶,她没想到会收到这么漂亮的礼物。

博斯特先生也一样激动。他收到的礼物是一副红灰色条纹腕套。腕套套在他手腕上合适极了。虽然这副腕套是妈妈为爸爸织的,但是远道而来的客人不能没有圣诞节礼物,何况以后妈妈还能为爸爸再织一副。

爸爸说他正需要一双新袜子,因为冷风总是往他的靴子里钻。接着他夸了劳拉给他做的领结。"吃完早餐我就把这个戴上。"他高兴地说,"哎呀!我一下子就穿上了圣诞节的盛装!"

妈妈拆开包裹,当漂亮的围裙露出来的时候,大家都惊喜地叫出声。妈妈立刻穿上围裙,站起来让大家欣赏。她看了看裙边,笑着对卡莉说:"你缝得真好,卡莉。"然后她笑着对劳拉说:"劳拉把碎褶收得很平整,缝得也很好。真是一件漂亮的围裙。"

"还有呢,妈妈!"卡莉大声说,"你快往口袋里看!"

妈妈惊讶地从围裙口袋里掏出了一块手帕。虽然没人在暗中筹划这一切,但是这一切像是预先安排好似的,妈妈刚把自己的手帕送给别人,却立刻收到了另一块。当然这些不能让博斯特夫人知道,所以妈妈只是端详了一番手帕精细的褶边,说:"多漂亮的手帕啊！谢谢你，玛丽！"

接着，大家开始夸奖用破旧的毯子为玛丽做的拖鞋。博斯特夫人说等她的毯子变旧了，她也打算用毯子为自己做一双鞋。

卡莉戴上了新手套，轻轻地拍手说："我的国旗手套！哦，快来瞧我的国旗手套！"

然后劳拉打开了她的包裹，里面是一条围裙，和妈妈的一样是用印花棉布做的。只不过劳拉的围裙比妈妈的小，上面有两个口袋，裙边上是一条窄窄的荷叶边。妈妈用另外一块窗帘裁出了围裙，卡莉把它缝好，玛丽缝上了荷叶边。这些日子里，妈妈和劳拉不知道她们都在用旧窗帘为对方做围裙，玛丽和卡莉按捺住激动的内心，丝毫没有泄露妈妈和劳拉的秘密。

"哦，谢谢你们！谢谢你们！"劳拉抚摸着撒满红色小碎花的雪白色棉布围裙说，"荷叶边上的针脚又细又密，玛丽，真是太感谢你了！"

接着最美妙的时刻到来了。妈妈给格蕾丝穿上蓝色的小外套，抚平天鹅绒衣领，然后把白色天鹅绒风帽戴在格蕾丝的金发上。风帽的蓝色丝绸衬里若隐若现，把格蕾丝蓝色的大眼睛衬得闪闪发亮。她摸了摸袖口的天鹅绒，朝大家招了招手，高兴地笑了。

格蕾丝真是像花仙子一样漂亮极了，纯净的蓝色、晶莹的白色、璀璨的金色在她身上交相辉映。她像开心果一样活泼可爱、笑意融融，大家不由自主地盯着她看。但是妈妈不希望她因为大家的格外关注而忘乎所以，于是过了一会儿，妈妈就让她安静下来，把漂亮的外套和风帽收进了卧室。

劳拉的盘子旁还放着另外一个包裹，她看见玛丽、卡莉和格蕾丝的盘子旁也有一样的包裹。她们一起拆开包裹，发现里面是一个装满了糖果的粉色粗棉布小袋子。

"圣诞糖果!"卡莉高兴地大声说。"圣诞糖果!"劳拉和玛丽异口同声地说。

"圣诞糖果是怎么到家里来的呢?"玛丽问。

"怎么啦,不是圣诞老人昨晚送来的吗?"爸爸说。这时,大家异口同声地说:"哦,博斯特先生!谢谢您!谢谢您,博斯特先生、博斯特夫人!"

然后劳拉收起所有包装纸,帮妈妈把早餐摆上桌子,有一大盘金色的玉米糊、一盘热气腾腾的饼干、一碟烤土豆、一碗鳕鱼肉汁、一玻璃碟子的干苹果酱。

"真抱歉,我们没有黄油。"妈妈说,"我们的奶牛产的奶太少了,不够做黄油的。"

鳕鱼肉汁配玉米糊、烤土豆的味道真是好极了,另外热饼干和苹果酱的味道也是一流的。这样丰盛的圣诞早餐一年只有一次,而这一天还有一顿丰盛的圣诞大餐在等着他们呢。

吃完早餐,爸爸和博斯特先生牵着马出去拉博斯特先生的雪橇。他们带了铁铲,准备铲掉积雪,这样马就能把雪橇从沼泽地里拉出来了。

玛丽把格蕾丝抱在膝头,坐进了摇椅里。卡莉铺床、扫地。妈妈、劳拉和博斯特夫人穿上围裙,卷起袖子,清洗碗碟,准备午餐。

博斯特夫人是个有趣的人,她对什么事都感兴趣,而且十分乐意向妈妈学习处理家务的本领。

"你没有足够的牛奶做酸牛奶,那你是怎么做出这么美味的饼干的呢,劳拉?"她问。

"很简单，用发酵的面团做。"劳拉回答。

博斯特夫人居然从来没有用生面团做过饼干！教她做饼干一定很有趣。劳拉用杯子量出生面团，加入苏打、盐和面粉，然后在面板上揉出饼干的形状。

"但是发酵的生面团是怎么做出来的呢？"博斯特夫人问。

"第一步是这样的，"妈妈说，"在罐子里放上面粉和温水，存放几天让它自然发酸。"

"每次用的时候都留一点。"劳拉说，"像这样，放一点在做饼干的面团里，再加上温水，"劳拉说着往面团里加温水，"盖上盖子，"她在罐子口盖上干净的布和一个碟子，"把它放在暖和的地方，"她把罐子放在火炉旁的架子上，"什么时候要用就去拿。"

"我从没吃过这么好吃的饼干。"博斯特夫人说。

有博斯特夫人这么个有趣的人陪伴，上午一眨眼就过去了。爸爸和博斯特先生拉着雪橇回来时，午餐已经快准备好了。烤炉里大野兔被烤成了金黄色，土豆在沸水里上下翻腾，咖啡壶里水泡噗噗冒个不停。房间里弥漫着烤肉、热面包和咖啡的香味。爸爸一进屋就猛地大吸一口气。

"别着急，查尔斯，"妈妈说，"你闻到了咖啡的香味，但是壶里正在煮的是你喝的茶。"

"太好了！冬天里，男人就该喝茶。"爸爸说。

劳拉把干净洁白的桌布摊在餐桌上，然后在桌子中央放了一只玻璃糖碗、一只盛满了奶油的玻璃罐子，还有一只玻璃勺子托架，银色的勺子勺柄朝下竖在里面。卡莉绕着桌子摆上刀叉，往水杯里灌满水。劳拉把一叠盘子放在爸爸的餐位前，然后兴高采烈地绕着桌子在每个人的餐位前摆上玻璃酱碟，酱碟里盛着金黄色的糖汁和半个罐头桃子。精心布置的圣诞餐桌看起来漂亮极了。

爸爸和博斯特先生忙着洗脸梳头。妈妈把剩下的空罐子和餐盘收进储藏室,然后帮劳拉和博斯特夫人把最后一道大餐端上餐桌。妈妈和劳拉飞快地脱掉干家务时穿的围裙,换上圣诞礼物围裙。

"来吧!"妈妈说,"午餐上桌了!"

"来吧,博斯特!"爸爸说,"坐下尽情享用吧!食物应有尽有。"

爸爸面前的大盘子里盛着巨大的烤野兔,面包、洋葱填料在周围冒着热气。一旁的一个碟子里盛着土豆泥,另一旁的一个碗里盛着浓稠的棕色肉汁。

桌上还摆着热气腾腾的蛋糕、热饼干和一小碟酸黄瓜。

妈妈为大家倒上香味浓郁的黑咖啡和茶,爸爸往每个人的盘子里盛上烤兔肉、填料、土豆泥和肉汁。

"这是我们第一次在圣诞节吃野兔。"爸爸说,"以前住的地方到处是野兔,几乎天天都能吃上兔肉,圣诞节时就吃野火鸡。"

"是啊,查尔斯,那时兔肉是家常便饭。"妈妈说,"印第安保留区可没有测量队的储藏室,有酸黄瓜和罐头桃子吃。"

"这是我吃过的最美味的兔子。"博斯特先生说,"肉汁也美味极了。"

"饥饿是最好的调味料。"妈妈谦虚地回答。但是博斯特夫人说:"我知道为什么兔子肉这么美味,英格斯夫人把切成薄片的咸猪肉摊在兔身上一起烤的。"

"哦,是啊,我是这么做的。"妈妈说,"我觉得这样能增加肉的香味。"

大家吃完第一盘烤兔肉后又添了一份。爸爸和博斯特先生又满满地吃了第三盘。玛丽、劳拉和卡莉也来者不拒，但是妈妈只吃了一丁点儿填料，博斯特夫人只又吃了一块饼干。"我宣布，我吃得太饱了，再多一口也吃不下了。"她说。

当爸爸再次从大盘子里拿起叉子时，妈妈提醒他："查尔斯，请你和博斯特先生都留点肚子吃别的。"

"你不会是说还有其他食物要上桌吧？"爸爸问。

接着妈妈走进储藏室，端出了苹果馅饼。

"馅饼！"爸爸叫道。"苹果馅饼！"博斯特先生也惊讶地叫道，"我的老天爷啊，我真希望早知道还有这道美味！"

每人慢悠悠吃了一块苹果馅饼，然后爸爸和博斯特先生把最后一块分着吃掉了。

"我不指望以后吃上比这更美味的圣诞大餐了。"博斯特先生打了一个饱嗝说。

"嗯，"爸爸说，"这是大家在西部吃的第一顿圣诞大餐，我真高兴这顿圣诞大餐很丰盛。过不了多久，许许多多人都会在这里庆祝圣诞节，我想他们一定会想出各种花样的菜肴，不过说实话，他们不一定能像我们现在吃得这么舒坦。"

过了一会儿，爸爸和博斯特先生不情愿地站起来。妈妈开始收拾桌子。"碟子我来洗，"妈妈对劳拉说，"你去帮博斯特夫人收拾屋子。"

于是劳拉和博斯特夫人穿上外套，戴上风帽、围巾、手套，走到阳光灿烂却寒冷刺骨的屋外。她们一路欢笑着驾驶雪橇在雪地里疾驰，赶到不远处测量队的办公室。爸爸和博斯特先生在门口把东西从雪橇上卸下来。

小屋子没有铺地板，而且十分狭小，一张叠床就把屋子的一侧占满了。爸爸和博斯特先生把炉子安放在门边的墙角里。劳拉帮博斯特夫人把羽绒床褥和被子搬进屋子,铺好床,然后在炉子对面的窗户旁支起餐桌,把两把椅子推到桌子底下。博斯特夫人的箱子挤进餐桌和床之间的空隙中,刚好当成第三个凳子。碗碟放在火炉上方的架子上和旁边的箱子里,剩下的空间刚好可以让门打开。

"完成了!"一切收拾停当,爸爸说,"既然你们安顿好了,那就跟我过去吧,这里连我们四个人都挤不下,那边的房子够大,就当总部吧。来下一局象棋吧,博斯特?"

"你们先去,"博斯特夫人说,"我和劳拉随后就到。"

等他们走了以后,博斯特夫人从碟子底下掏出一只装得满满的纸袋。"这是个惊喜!"她对劳拉说,"爆米花!罗伯特不知道我带了爆米花!"

她们偷偷地把这袋爆米花带进屋里,藏在储藏室里,然后悄悄地把这件事告诉了妈妈。后来,爸爸和博斯特先生全神贯注下象棋时,她们悄悄地在铁锅里热了猪油,然后抓了一把去壳玉米粒丢进油里。一阵噼里啪啦响,爸爸立刻抬头朝四周张望。

"爆米花!"他惊叫了一声,"我很久很久没吃过爆米花了——博斯特,要是知道你带了爆米花,我早就把它搜出来了。"

"我可没带爆米花。"博斯特先生说,然后他大叫一声,"妮尔,你这个淘气鬼!"

"你们俩继续下棋吧!"博斯特夫人眨巴着蓝色的大眼睛笑着对她的丈夫说,"你们忙得没空注意我们。"

"是啊,查尔斯,"妈妈说,"别让我们打扰你们下棋。"

"我一定要将你的军,博斯特。"爸爸说。

"你还没得逞呢。"博斯特先生反驳道。

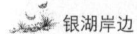

妈妈把雪白的爆米花从锅里倒进牛奶盘里，劳拉小心翼翼地撒上盐花。接着她们又做了一壶爆米花，把盘子装得满满的。玛丽、劳拉和卡莉一起分享一盘松脆糯香的爆米花，爸爸、妈妈和博斯特先生、夫人坐在桌边，边吃边聊天，不时发出朗朗的笑声。眨眼间就到了喂牲口的时候了，然后就是吃晚餐，一吃完晚餐爸爸立刻拉起了小提琴。

"每个圣诞节都比前一个更好，"劳拉心想，"我想这一定是因为我长大了。"

欢乐的冬日时光

欢快的圣诞气氛持续了好几天。每天早晨，博斯特夫人做完早上的家务就会到家里来，用她的话说就是和"另外几个姑娘"度过一段快乐的时光。她总是一副兴高采烈、活泼风趣的样子，而且总是那么漂亮，脸颊绯红，头发又黑又软，蓝色的大眼睛总是笑盈盈的。

圣诞节过后的第一个星期，阳光明媚，风悄无声息。六天之后，雪就全融化了，草原变成了一片棕色，光秃秃的。空气温暖得像刚挤出来的牛奶。博斯特夫人做好了新年的午餐。

"请你们挤进我的小屋子里吧。"她说。

她请劳拉帮她搬东西。她们俩一起把桌子搬到了床上，敞开大门紧紧靠着墙壁，然后再把桌子放在屋子的正中央。虽然桌子的一角几乎碰到了火炉，另一角几乎抵住了床，但是还是有足够的空间让他们一个接一个走进屋里，围着桌子坐下来。博斯特夫人坐在火炉旁，为大家端上热气腾腾的食物。

第一道菜是牡蛎汤。劳拉长这么大还是第一次尝到这么鲜香浓郁的热奶油海鲜汤。汤的表面漂着星星点点的金色奶油和黑色的胡椒，汤底里沉着黑色的罐头小牡蛎。劳拉一小口一小口从勺子里把汤吸进嘴里，然后让鲜美的味道在舌尖上留得久一些。

配这道汤的是小小的圆形牡蛎饼干。小牡蛎饼干和娃娃饼干一样小巧，但是薄脆香浓，吃起来比娃娃饼干更美味。

当最后一滴牡蛎汤被吃进肚子里，最后一块牡蛎饼干也被嘎吱嘎吱嚼在嘴里的时候，热饼干配蜂蜜、干覆盆子酱上桌了。随后上来的是一大盘略带咸味的爆米花。这盘爆米花一直在炉子后面放着保温。

这些就是新年的大餐，虽然不是特别丰盛，但是大家都吃得饱饱的。此外，这顿午餐新颖独特，而且博斯特夫人用漂亮的碟子和崭新的桌布把午餐衬托得精美雅致。

吃完午餐后，他们坐在小屋子里聊天，一缕缕清风从敞开的门口吹进来，屋子外面褐色的草原向远方延伸，与淡蓝色的天宇在天际线交汇。

"我从来没吃过这么香甜的蜂蜜，博斯特夫人，"爸爸说，"真高兴你从爱荷华州把它带来了。"

"牡蛎也美味极了。"妈妈说，"我都不记得以前什么时候吃过这样美味的汤。"

"1880年有了一个美好的开端。"爸爸说，"七十年代还不错，但是看起来八十年代会更好。如果达科塔的冬天都是像这样过的，那么我们来西部算是来对啦。"

"这里确实是个好地方。"博斯特先生赞同道，"让我高兴的是我已经登记了一百六十英亩宅地，我真希望你也登记了，英格斯。"

"我打算一星期之内把宅地登记的事情办妥。"爸爸说，"我一直在等布鲁金斯的土地局开门，省得我花上一个多星期来回扬克顿。据说布鲁金斯的土地局在新年第一天开门。哎呀，如果天气像今天一样晴朗，我明天就动身！当然得争得卡罗琳的同意。"

"我赞成，查尔斯。"妈妈轻轻地说。妈妈的脸上洋溢着快乐的光彩，眼睛也神采奕奕，因为用不了多久，她们就会拥有自己的宅地。

"就这么定了。"爸爸说，"倒不是我担心去晚了会有什么问题，不过还是尽快把事情办妥为妙。"

"越快越好，英格斯，"博斯特先生说，"你不知道春天一到会有多少人拥过来。"

"嗯，没人会比我快的。"爸爸说，"明天日出前我就动身，应该后天一早就到土地局门口。如果你们有信要寄到爱荷华州，那么写好信交给我，我带到布鲁金斯去邮寄。"

新年午餐就这样结束了。那天下午，博斯特夫人和妈妈忙着写信，妈妈为爸爸准备了第二天出门的午餐。可是那天晚上，又刮了一夜暴风雪，玻璃窗上又结满了霜花。

"这样的天气哪儿也去不了。"爸爸说，"别担心宅地的事情，卡罗琳，我早晚会把它登记的。"

"嗯，查尔斯，我知道你会的。"妈妈回答。

刮暴风雪的日子里，爸爸整理捕猎器的绳索，并把兽皮撑开风干。博斯特先生每天都去亨利湖拖回树枝，砍成柴火，因为他没有煤炭。博斯特夫人还是和往常一样天天到家里来。

阳光明媚时候，博斯特夫人和劳拉、卡莉一起，裹得严严实实的，在积得厚厚的雪地上玩耍。她们有时候在雪地里摔跤，有时候比赛谁跑得快，有时候兴奋地打雪仗，有一天她们还一起堆了一个雪人。让她们玩得最不亦乐乎的就是三个人手拉手在明媚清冷的银湖冰面上溜冰。劳拉总是笑得合不拢嘴。

一天快傍晚时，她们溜完冰，气喘吁吁、浑身暖洋洋地往家里走，博斯特夫人对劳拉说："劳拉，到我家里来一下。"

劳拉跟着她回家,结果博斯特夫人给她看一大摞报纸,是她从爱荷华州带来的《纽约纪事报》。

"你能拿多少拿多少,"她说,"读完之后拿过来,再换其他的。"

劳拉捧着一大捆报纸一路飞奔回家。她冲进屋里,把报纸放在玛丽膝头。

"瞧啊,玛丽!瞧,我给你带什么回来了!"她大声说,"是故事!里面全是故事!"

"哦,赶快把晚餐做完,我们就能听故事了。"玛丽焦急地说。不过妈妈说:"别担心做晚餐,劳拉,给我们读个故事吧。"

于是妈妈和卡莉做晚饭,劳拉开始为大家读精彩的故事。故事讲的是山洞里住着小矮人和强盗,一个漂亮的姑娘迷路了。故事讲到最精彩的部分,却突然跳出来几个字——"未完待续",故事就戛然而止了。

"哦,我的天啊,我们没法知道那个姑娘的遭遇了。"玛丽遗憾地说,"劳拉,你觉得他们为什么只登了故事的一部分呢?"

"为什么呢,妈妈?"劳拉问。

"不会的,"妈妈说,"在其他报纸里找一找。"

于是劳拉一份接一份地翻看其他的报纸。"哦,在这里!"她大声说,"这里还有——这里还有——这一大摞里都有。全在这里,玛丽!到这里才写着'大结局'。"

"这是一个连载故事。"妈妈说。不像妈妈,劳拉和玛丽从来没听说过连载故事。

"嗯,"玛丽满意地说,"我们明天再读下一个片段吧,每天读一段,这样一个故事就能听很久。"

"真是我的聪明姑娘。"妈妈说。于是劳拉闭嘴不说话,把报纸收起来，其实她真想飞快地把故事读完。接下来的每一天，劳拉都会读上一段故事，故事读完后大家就开始猜测漂亮姑娘又会有什么样的遭遇。

　　暴风雪的日子里，博斯特夫人带着针线活到家里来，和姑娘们一起惬意地读报纸、聊天。一天，博斯特夫人跟她们提了古董架子，说是爱荷华州每家每户人都会做古董架子，她乐意教她们怎么做。

　　于是她教爸爸做了一个正好贴合墙角的三角形架子。爸爸做了一个五层由大变小的架子，底端的一层最大，顶上的最小，之间用薄木板紧紧地钉在一起。架子做好后，依靠三条腿，稳稳地立在屋子的墙角里。妈妈伸手正好够得到顶层。

　　接着博斯特夫人剪下纸板挂在每层架子上。她还在每块纸板的底端剪出荷叶边，中间的一片最大，两旁的略微小一些。纸板和纸板上的荷叶边都和架子一样由大变小，底层的最大，顶层的最小。

　　然后博斯特夫人教她们把厚实的包装纸剪成小方块，然后折纸。先把方形的纸沿对角线折起，再对折，把折好的纸压平。折出了几十个之后，博斯特夫人又教劳拉把折纸缝在纸板上，一个个紧紧挨在一起，三角尖朝下。每一排与下面的一排重叠，上一排的三角尖从下一排的两个三角尖之间露出来。排成一排的折纸要和荷叶边一样排成扇形。

　　她们一边在温暖舒适的屋子里做古董架子，一边讲故事、唱歌、聊天。妈妈和博斯特夫人谈得最多的就是宅地。博斯特夫人说她准备了够种两个院子的种子，她叫妈妈别担心种子的事，她会把种子分一半给妈妈。城镇建起来后，镇上也许有卖种子的，但是也许没有，所以她从爱荷华州朋友家的院子里采了一大堆种子。

"等我们安顿下来我就谢天谢地了。"妈妈说，"这会是我们最后一次搬家。我们离开明尼苏达州之前，英格斯先生就是这么答应的。我的姑娘们得去上学，过文明的生活。"

劳拉并不确定自己是不是想要从此安顿下来。她一旦上学了，以后就得教书，她宁愿想想别的事情，或者什么也不想，只管一门心思哼一首歌。其他人聊天的时候，她就轻轻地哼着歌。这时妈妈、博斯特夫人、玛丽、卡莉也会跟着她唱起来。博斯特夫人教了她们两首新歌。劳拉喜欢那首《吉普赛人的忠告》：

> 不要相信他，温柔的小姐，
> 虽然他的嗓音低沉甜美，
> 就算他跪在你面前，
> 也不要理睬他。
> 你的生活才刚刚开始，
> 别让幸福的生活蒙上阴云。
> 听从吉普赛人的忠告，
> 温柔的小姐，不要理睬他。

另一首歌是《当我二十一岁时，妮尔，你正十七年华》。这首歌是博斯特先生最爱唱的歌。他遇见博斯特夫人的时候正好是二十一岁，当时博斯特夫人十七岁。她的真名叫艾莉，不过博斯特先生喜欢叫她妮尔。

五块纸板上整整齐齐地覆盖了一排排三角纸尖，除了第一排顶上露出了针脚，其他地方一点儿也看不出缝线的痕迹。接着博斯特夫人在露出的针脚上方缝了一块棕色的纸条，再把纸条往外翻，正好又把针脚遮住了。

最后她们把纸板钉在了架子上。硬邦邦的荷叶边上粘着硬邦邦的小尖角，牢牢地挂在架子上。然后爸爸小心翼翼地把古董架子和小纸尖角涂成深棕色。等油漆一干，她们就把古董架子摆在墙角，挨着玛丽的椅子。

"古董架子就是这样的啊。"爸爸说。

"是啊，"妈妈说，"多漂亮啊！"

"做得真精致。"爸爸说。

"博斯特夫人说古董架子现在在爱荷华州非常流行。"妈妈告诉爸爸。

"嗯，她刚从爱荷华州来。"爸爸说，"你就该用爱荷华州最好的东西，卡罗琳。"

最美好的时光是在晚餐之后。每天晚上爸爸都会拉起小提琴，博斯特先生和夫人优美的嗓音让歌声更加美妙。爸爸欢快地边拉边唱：

当我年轻单身时，
我挣的钱叮当响，
世界对我来说真美妙，
哦，那时的世界真美妙。

哦，后来，我娶了太太，
哦，后来，我娶了太太。
我娶了太太，她是我生活的乐趣，

哦，世界真美妙！

这首歌的下一段说的是，他其实娶了一个不怎么贤惠的妻子，所以那一段爸爸是不会唱的。欢快的乐声上下翻飞的时候，爸爸笑眯眯地朝着妈妈眨眼，然后继续唱：

　　她会做樱桃馅饼，
　　男孩比利！男孩比利！
　　她会做樱桃馅饼，
　　迷人的比利。
　　她会做樱桃馅饼，
　　她的眼睛一眨一眨，
　　但是她是个年轻的姑娘，
　　她不会离开她的妈妈。

乐声越来越欢快，这时只有爸爸和博斯特先生在唱：

　　我把我的钱押在短尾母马身上，
　　你把你的钱押在灰马身上！

即使是歌里唱的，妈妈也不赞成赌博，可她还是跟着爸爸的乐声跺起了脚。

接着的每一个晚上，他们都会唱歌曲接龙。博斯特先生的男高音先开始唱《三只瞎眼老鼠》，然后博斯特夫人的女低音也开始唱"三只瞎眼老鼠"，接着爸爸的男低音加入，再接着劳拉的女高音、妈妈的女低音也加入进来，最后是玛丽和卡莉。一首快唱完的时候，博斯特先生一点儿也不停顿就又回到开头继续唱，然后其他人一个接一个继续唱，一遍接着一遍：

  三只瞎眼老鼠，三只瞎眼老鼠，
  跟在农夫妻子身后跑，
  她用刀切下它们的尾巴。
  你曾听说过这样的故事吗？
  三只瞎眼老鼠的故事。

  他们不停地唱着，直到有人忍不住笑出声，惹得大家都捧腹大笑，气喘吁吁，再也唱不下去了。爸爸也会拉几首老歌，按他的话说是"为大家催眠"，例如：

  妮莉是个温柔的姑娘，昨天晚上她去世了，
  哦，为可爱的妮莉鸣钟吧，
  我昔日的弗吉尼亚新娘。

  还有：

  哦，你还记得甜美的爱丽丝吗？
  甜美的爱丽丝有一双棕色的大眼睛，
  那双眼睛因为你的微笑而流泪，
  因为你的忧愁而颤抖。

还有：

> 在寂静的夜里，
> 沉睡的枷锁捆绑着我，
> 甜美的回忆带来了
> 昔日岁月的光彩。

劳拉从来没有这样开心过。因为某种原因，当大家唱下面这首歌时，她是最开心的。

> 波尼杜恩的山坡和河岸，
> 为何能开出这样芬芳的花朵？
> 小小的鸟儿，为何你的歌声如此婉转，
> 而我却如此疲惫、如此忧愁？

朝圣之路

一个星期天的晚上，爸爸的小提琴弹奏着一首礼拜日曲子，大家一起尽情地唱着：

> 当我们在舒适的家里愉快地相遇，
> 当快乐的歌声开始响起，
> 我们是否想起了流泪的人们，
> 沉浸在悲伤、孤寂之中，
> 让我们伸出手——

突然琴声戛然而止，门外传来响亮的歌声：

> 向虚弱疲惫的人伸出手，
> 向朝圣路上的人伸出手。

爸爸放下小提琴，跑去开门。冷风从门缝里钻进来，门砰的一声在爸爸身后关了起来。门外响起一阵闹哄哄的说话声，接着门被推开，两个浑身积雪的男人踉踉跄跄地走进来。爸爸在他们身后说："我去把你们的马拴起来，马上就回来。"

其中一个男人又高又瘦，劳拉看到帽子和围巾下一双和善的蓝眼睛。劳拉不由自主，只听见自己尖声大叫："奥尔登牧师！奥尔登牧师！"

"不会是奥尔登兄弟吧？"妈妈惊讶地说，"哦，天哪，真的是奥尔登兄弟！"

奥尔登牧师摘下了帽子和围巾，这下子大家都能清楚地看到他那双柔和的眼睛和深棕色的头发。

"见到你真是太高兴了，奥尔登兄弟，"妈妈说，"快过来烤烤火。这真是一个大惊喜！"

"我比你们更惊喜，英格斯姊妹，"奥尔登牧师说，"我离开你们的时候，你们已经在梅溪定居了，压根没想到你们会到西部来。我的乡村小姑娘已经长成大姑娘了！"

劳拉激动得说不出话来，心里洋溢着与奥尔登牧师重逢的喜悦，似乎喉咙也被这股喜悦堵住了。但是玛丽礼貌地说："我们真高兴又见到你，先生。"玛丽的脸上洋溢着快乐，只是她的两只眼睛空洞无神，这让奥尔登牧师吃了一惊。他飞快地看了一眼妈妈，然后又看了看玛丽。

"这两位是博斯特先生和夫人，我们的邻居。这位是奥尔登牧师。"妈妈说。

奥尔登牧师说："我们赶着马车路过时，听见了你们美妙的歌声。"然后博斯特先生说："您也唱得十分动听，先生。"

"哦，不是我唱的，"奥尔登牧师说，"是这位斯图亚特牧师唱的。我冷得连嘴巴都不敢张开了，而他的一头红发让他很暖和。斯图亚特牧师，这几位是我的老朋友，还有他们的朋友，所以我们都是朋友啦。"

斯图亚特牧师很年轻，几乎就是一个大男孩。他的头发像火焰一样红,脸蛋也被冻得红扑扑的,灰色的眼睛炯炯有神却又沉静如水。

"把桌子摆起来,劳拉。"妈妈静静地说,一边系上了围裙。博斯特夫人也系上了围裙,帮妈妈把火拨旺,把水壶放到炉子上烧水煮茶,然后一起做饼干、炸土豆。博斯特先生和站在火炉旁烤火的两位牧师聊天。过了一小会儿,爸爸和另外两个人从马厩里回来。这两个人是赶马车的人,在吉姆河附近登记了宅地,正准备在宅地安顿下来。

劳拉听见奥尔登牧师说:"我们俩只是旅客,听说吉姆河流域会建一个叫'休伦'的城镇,教会就派我们去考察一下,准备在那里建一个教堂。"

"铁路地基沿线标识了城镇的位置,"爸爸说,"但是除了听说

要建一个酒馆,没听说任何动工的消息。"

"那就更应该在那里建一所教堂了。"奥尔登牧师愉快地说。

吃完晚餐后,奥尔登牧师走到储藏室门口,妈妈和劳拉正在那里洗碟子。他感谢妈妈做了一顿美味的晚餐,接着说:"我很难过,英格斯姊妹,看到玛丽被疾病带走了光明。"

"是啊,奥尔登兄弟,"妈妈悲伤地回答,"有时候很难认同上帝的旨意。在梅溪时我们都染上了猩红热,有一阵子生活过得很艰难,但是谢天谢地孩子们都熬过来了。玛丽给了我极大的安慰,奥尔登兄弟,她连一句抱怨都没有。"

"玛丽拥有高尚的灵魂,她是我们大家的榜样。"奥尔登牧师说,"我们一定要记住,上帝对他深爱的人总是给予磨炼,勇敢的灵魂会从苦难中获得永生。我不知道你和英格斯兄弟知不知道有为盲人开设的学院。爱荷华州就有一所这样的学校。"

妈妈紧紧地捏住洗碟盘的边缘,她的脸色让劳拉吃了一惊,她哽咽地问:"学费要多少钱?"

"我不清楚,英格斯姊妹,"奥尔登牧师回答,"如果你有兴趣,我去打听一下。"

妈妈又哽咽了一下,继续洗碟子。她说:"我们现在承担不起学费,不过也许以后——如果学费不太高的话,我们兴许能凑出点钱。我一直想要让玛丽接受教育。"

劳拉的心咚咚咚跳得厉害,她觉得这颗心快从她的嗓子眼里跳出来了,一些乱七八糟的想法也突然从她的脑袋里冒出来,把她的整个思绪打乱了。

"我们必须相信上帝,上帝会为我们做出最好的安排。"奥尔登牧师说,"等你洗完碟子,我们一起做一个简短的祷告吧。"

"好的,奥尔登兄弟,我非常乐意。"妈妈说,"我相信大家都非常乐意。"

妈妈和劳拉洗完碟子,把手洗干净后,解下围裙,梳理好头发。奥尔登牧师和玛丽正热切地说着话,博斯特夫人抱着格蕾丝,博斯特先生、两位移民正和爸爸、斯图亚特牧师聊播种的事情。他说草场开垦后,他就准备种上小麦和燕麦。这时妈妈走了进来,奥尔登牧师站起来提议说,请大家在互道晚安前一起做一次祷告。

大家都跪在了椅子旁,奥尔登牧师祷告说,恳请全知全能的上帝庇佑每一个人,宽恕他们的罪孽,引领他们做正确的事。奥尔登牧师祷告的时候,整个房间里一片寂静。劳拉觉得自己像是一株在干旱的荒漠里被炙烤得奄奄一息的小草,而因祷告而来的寂静像是凉爽轻柔的雨丝,簌簌地落在她身上,让她感到心旷神怡。她感觉到了一股新的力量,一切变得简单,她只想一心一意努力地干活,不管自己能得到什么,只要玛丽可以去上学。

博斯特先生和夫人向奥尔登牧师表示了感谢,然后回家去了。劳拉和卡莉把卡莉的被褥拿到楼下,妈妈把被褥铺在了火炉旁的地板上。

"我们只有一张床,"妈妈抱歉地说,"而且恐怕没有多余的被子。"

"别担心,英格斯姊妹,"奥尔登牧师说,"我们用大衣当被子盖。"

"我保证,我们会睡得很舒服的。"斯图亚特牧师说,"真高兴我们在这儿遇到了你们。我们还以为要赶到休伦才能落脚,谁知看见了你们屋里的灯光,听见了你们的歌声。"

楼上黑漆漆的房间里,劳拉替卡莉解开纽扣。她把热熨斗塞到玛丽的脚边，然后三个人蜷缩在一起，在冰冷的被子底下取暖。她们听见爸爸和两位牧师在火炉旁的谈笑声。

"劳拉，"玛丽低声说，"奥尔登牧师说有为盲人开办的学校。"

"是什么学校？"卡莉低声问。

"盲人学校，"劳拉低声回答，"是盲人接受教育的地方。"

"他们怎么学习呢？"卡莉问，"我是说怎么念书、做功课。"

"我不知道。"玛丽说，"不管怎么样，我是去不了的，一定要花很多钱。我想我是没有机会的。"

"妈妈知道的，"劳拉低声说，"奥尔登牧师告诉妈妈了，也许你能去上学，玛丽。我希望你能去。"劳拉深深地叹了一口气，然后承诺道，"我会努力学习，然后认真教书，帮衬家里。"

第二天清早，劳拉在牧师的说话声和丁零当啷的碗碟碰撞声中醒来，她立刻从床上跳起来，穿好衣服，飞奔下楼帮妈妈做家务。

屋外寒冷而清爽，阳光为结满了霜花的窗户镀上了一层金色，屋子里每个人都兴高采烈。两位牧师非常享受这顿早餐，几乎赞不绝口。他们夸赞说，饼干又松又脆，土豆泥又糯又香，咸猪肉片又薄又脆，肉汁香浓爽口，还有滚烫香甜的糖浆和香气扑鼻的茶。

"这肉鲜美极了。"斯图亚特牧师说，"我知道这只是腌猪肉，但是我从来没尝过这样好的味道。你能告诉我你是怎么做的吗，英格斯姊妹？"

妈妈吃了一惊，然后奥尔登牧师解释说："斯图亚特会留在这个教区，我这次是陪他来，帮他安顿下来。以后他要一个人住，自己做饭。"

"你会做饭吗，斯图亚特兄弟？"妈妈问。斯图亚特牧师回答说他准备边做边学，他随身带了一些食材，有豆子、面粉、盐、茶叶和咸猪肉。

"做法很简单。"妈妈说,"把肉切成薄片,然后放在冷水里煮熟。水沸腾后,把水倒掉,然后让肉片在面粉里滚一滚,再用油煎成金黄色。肉片煎得松脆后,把肉片盛进盘子里。把锅里的猪油倒掉一点,留着做黄油时用。然后往煎锅里剩余的猪油里撒一些面粉,再倒入牛奶,一边搅拌一边煮,直至熬成肉汁。"

"你能把它写下来吗?"斯图亚特牧师说,"放多少面粉,多少牛奶呢?"

"天啊!"妈妈说,"我从来没有量过,但是倒可以试一试。"妈妈拿出一张纸、一支珍珠柄钢笔、一罐墨水,写下了煎猪肉、肉汁、发酵生面团饼干、豆子汤、烤豆子等菜肴的菜谱。劳拉飞快地收拾完桌子,卡莉跑出去请博斯特先生和夫人过来参加祷告。

虽然星期一早晨做祷告有些奇怪,但是两位传教士马上就要动身赶往休伦镇,所以大家都想抓住这个机会听布道。

爸爸拉起小提琴,大家一起唱了一首赞美诗。斯图亚特牧师口袋里装着妈妈写下的菜谱,对着毕恭毕敬的大伙儿,先念了一篇简短的祈祷文。然后奥尔登牧师给大家布道。布道结束后,爸爸的小提琴又欢快地拉起来,大家一起唱:

> 在很远很远的地方有一片乐土,
> 圣徒的荣耀如阳光般璀璨,
> 哦,他们听见天使在歌唱,
> 歌唱伟大的上帝……

马车备好了,奥尔登牧师对大家说:"在这新的小镇上,你们听了第一次布道。等春天一到,我会回来组建教堂。"他对玛丽、劳拉和卡莉说:"我们将会有主日学校。下一个圣诞节,你们可以来帮忙布置圣诞树。"

奥尔登牧师爬上马车,走远了,给他们留下无尽的期待。他们严严实实地裹着头巾、外套、围巾,站在门口眺望。马车沿着一尘不染的雪地向西远去,车轮在雪地上留下深深的印记。清冷的太阳发出明媚的光芒,白色的世界在无数星星点点光斑的照耀下闪闪发亮。

"嗯,"博斯特夫人隔着捂在她嘴巴上的头巾说,"在这儿听了第一次布道,真是太好了。"

"在这儿建造的城镇叫什么名字来着?"卡莉问。

"还没有名字,是吗,爸爸?"劳拉说。

"有名字。"爸爸回答,"叫德斯梅特,名字来源于早期在这儿拓荒的一位法国传教士。"

他们走进了温暖的屋子里。"那个可怜的男孩会毁了自己的身体的,"妈妈说,"一个人住,还要自己做饭。"妈妈说的是斯图亚特牧师。

"他是苏格兰人。"爸爸说,好像意思是说苏格兰人很顽强。

"我跟你怎么说的来着,英格斯,还记得我说过的春天的人潮的事吧?"博斯特先生说,"三月还没到,已经有两个移民到这里落户了。"

"我也大吃一惊。"爸爸说,"不管刮风下雨,我明天就赶到布鲁金斯去。"

汹涌的人潮

"今天晚上不唱歌了,"那天傍晚爸爸在餐桌上说,"早睡早起,后天我们的宅地就登记在册了。"

"我会很高兴的,查尔斯。"妈妈说。昨天晚上和今天早晨的一通忙乱后,屋子又变得安静祥和。晚餐的碟子洗完了,格蕾丝在滑轮床上也睡熟了,妈妈在为爸爸准备明天去布鲁金斯路上吃的午餐。

"听!"玛丽说,"我听见有人在说话。"

劳拉把脸贴到窗玻璃上,用手挡住灯光,仔细往外瞧。她看见雪地上有两匹黑马拉着一辆坐满了人的马车。其中一个人又大喊了一声,然后另一个人跳到地上。爸爸出门去,和跳下马车的那个人站着说话。然后爸爸回到屋里,把门在身后关起来。

"来了五个人,卡罗琳,"他说,"全是陌生人,他们要去休伦。"

"这里不够他们住的。"妈妈说。

"卡罗琳,今天晚上我们得留他们过夜,他们找不到其他休息的地方,也没有吃的东西。他们第一次出远门,马也走累了。如果他们今天晚上继续往休伦赶,肯定会在草原上迷路,甚至会冻死的。"

妈妈叹了口气,说:"好吧,听你的,查尔斯。"

于是妈妈为五个陌生人做了晚餐。屋子里回荡着他们的皮靴声和高亢的谈笑声。他们把床褥堆在地板上,准备在火炉旁铺床睡觉。晚餐的碟子还没洗完,妈妈就把手从洗碗水里抽出来,轻轻地说:"该睡觉了,姑娘们。"

其实睡觉的时间还没到,不过她们知道妈妈的意思,妈妈不想让她们留在楼下,和一群陌生人待在一起。卡莉跟在玛丽身后走进楼梯间,可是妈妈把劳拉拉住,往她手里塞了一块木条。"把木头插进门闩上的凹槽里,"妈妈说,"插得牢牢的,这样就没人能抬起门闩打开门了。别下楼,等我明天早上叫你们再下楼。"

第二天早晨,太阳都升起了,劳拉、玛丽和卡莉还躺在床上。她们听见楼下传来陌生人的说话声和早餐碟子丁零当啷的声音。

"妈妈说要等她叫我们才能下楼。"劳拉坚持说。

"我希望他们快点离开,"卡莉说,"我不喜欢陌生人。"

"我也不喜欢陌生人,妈妈也不喜欢。"劳拉说,"他们需要磨蹭一会儿才上路,因为他们是第一次出远门。"

后来陌生人终于走了。午餐时爸爸说他改成明天去布鲁金斯。"要去就得一大早出发,"他说,"路上要花一整天,要是日出后再出发,这么冷的天还要在外面扎营过夜,那就没必要了。"

那天晚上又来了许多陌生人。第二天晚上来的人更多。妈妈说:"可怜可怜我们吧,我们就不能过一个安宁的夜晚?"

"我也没有办法,卡罗琳,"爸爸说,"我们不能把他们拒之门外,他们找不到其他落脚的地方。"

"我们得向他们收钱,查尔斯。"妈妈坚决地说。

爸爸不愿意因为收留别人、给别人一口饭吃而收钱,但是他知道妈妈的决定是对的。于是他向来投宿的人和马收取二十五美分一餐饭费、二十五美分一夜住宿费。

夜晚的屋子里再也听不到歌声了,再也没有舒心的晚餐和舒适的冬夜了。每天都有许许多多陌生人挤在餐桌旁。每天晚上,所有的碟子一洗完，劳拉、玛丽和卡莉就躲进阁楼里，把门关得紧紧的。

陌生人从爱荷华州、俄亥俄州、伊利诺伊州、密歇根州、威斯康星州、明尼苏达州，甚至遥远的纽约州和佛蒙特州赶到这里来。他们打算前往休伦、皮埃尔堡，或者是更遥远的西部，去那里寻找宅地。

一天早晨，劳拉从床上坐起来，仔细听楼下的动静。"爸爸上哪儿去了呢？"她嘀咕，"我没听见爸爸的声音，只听见博斯特先生的说话声。"

"也许他已经出发去登记宅地了。"玛丽说。

等到后来满载的马车向西部驶去，妈妈把她们叫下楼，才告诉她们，爸爸在日出前就出发了。"他不想把我们丢在这闹哄哄的陌生人堆里，"妈妈说，"但是他不得不去。如果他不抓紧时间，我们的宅地就会被人抢走的。我们没料到三月才刚开头，人潮就这样汹涌而来。"

这是三月的第一个星期。风从敞开的门里吹进来，带来了春天的讯息。

"三月初春风和煦，三月尾骄阳似火。"妈妈说，"来吧，姑娘们，还有活儿要干。我们趁其他过路人到来前把屋子收拾一下。"

"真希望爸爸回来前不要有人来了。"劳拉一边嘀咕一边和卡莉一起洗成堆的碟子。

"也许不会有人来了。"卡莉祈祷。

"爸爸不在时，博斯特先生会过来照料家里的。"妈妈说，"爸爸请博斯特先生和夫人住在家里。他们睡卧室，我和格蕾丝到楼上和你们一起睡。"

那天博斯特夫人过来帮忙。她们一起打扫屋子，整理床铺。傍晚时，她们累得筋疲力尽，终于在落日的余晖里看见一辆马车从东部驶来。马车里有五个人。

博斯特先生帮他们把马拴在马厩里，博斯特夫人帮妈妈做晚餐。这伙人还没吃完晚餐，另外四个人乘着另一辆马车来了。劳拉整理好桌子、洗完碟子，为他们把晚餐端上桌。就在他们吃晚餐时，第三辆坐了六个人的马车赶来了。

玛丽已经上楼了，卡莉在房门紧闭的卧室里哄格蕾丝入睡。劳拉又擦了一遍桌子，然后忙着洗碟子。

"简直糟糕透了。"妈妈对博斯特夫人说，"地板睡不下十五个人，我们得在单坡顶小屋里铺几张床，恐怕他们得用自己的袍子、毯子、外套当床褥了。"

"让罗伯特去处理，我跟他说。"博斯特夫人说，"上帝保佑，千万别再来一辆马车了！"

劳拉不得不又一次洗碟子，支起餐桌。屋子里挤满了陌生人，他们眨巴着陌生的眼睛，操着陌生的口音，笨重的大衣和泥泞的靴子满屋子乱晃，把屋子塞得水泄不通，劳拉几乎没法从人堆里挤过去。

终于，所有人都吃饱了，最后一个碟子也洗完了。妈妈抱着格蕾丝跟劳拉、卡莉上楼，然后小心翼翼地把门锁紧。玛丽已经上床了，劳拉脱衣服的时候已经困得睁不开眼睛了。可是她刚躺下，就被楼下的喧闹声吵醒了。

有人在大声嚷嚷，还发出笨重的脚步声。妈妈坐起来仔细听，楼下的卧室里静悄悄的，博斯特先生一定是觉得这样的吵闹并无大碍，于是妈妈又躺下来。但是吵闹声越来越响，一会儿戛然而止，一会儿又突然爆发出来。接着一阵丁零当啷的响声，整栋屋子像是被震得摇摇欲坠了。劳拉立刻坐起来，大声叫："妈妈，什么声音？"

妈妈的声音很轻,但是听起来却比楼下的吵闹声更响亮。"安静,劳拉,"妈妈说,"躺下。"

劳拉觉得自己没法入睡,但是她实在太困了,尽管楼下的吵闹声折磨着她,她很快就睡熟了,直到另一声响亮的撞击声把她吵醒。"没事的,劳拉,有博斯特先生在。"妈妈说。于是劳拉又睡着了。

第二天一早,妈妈轻轻地把劳拉推醒,低声对她说:"起来吧,劳拉,该做早餐了,让她们再睡一会儿。"

劳拉和妈妈一起下楼。博斯特先生已经收起了床褥。头发蓬乱、睡眼惺忪的旅客们纷纷穿上靴子、披上外衣。妈妈和博斯特夫人匆忙做早餐。餐桌太小,碟子也不够,劳拉只能连续摆了三次桌子,洗了三次碟子。

等这些人终于离开了,妈妈才把玛丽她们叫下楼,然后和博斯特夫人一起做另一份早餐。劳拉又一次洗清碟子,摆好餐桌。

"我的天啊,多糟糕的一夜啊!"博斯特夫人大声说。

"出什么事了?"玛丽问。

"我想他们是喝醉了。"妈妈抿着嘴说。

"他们的确是喝醉了。"博斯特先生说,"他们拿来了酒瓶,还有

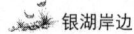

一大壶威士忌。有一会儿,我觉得应该阻止他们,但是我怎么对付得了十五个醉汉呢?所以我决定袖手旁观,除非他们动手放火烧房子。"

"谢天谢地他们没把房子烧掉。"妈妈说。

那天,一个年轻人驾车拉了一车木材来到门前。他把木材从布鲁金斯拉过来,准备在镇上建一家商店。他好心好意地央求妈妈在他造房子的时候为他提供食宿。妈妈没法拒绝他,因为他找不到其他吃饭的地方。

接着来了一对从苏瀑①赶来的父子。他们也运来了木材,准备建一所杂货店。他们也央求妈妈提供食宿。妈妈同意了,然后对劳拉说:"招待一个人也是招待,招待两个也一样。"

"如果英格斯还不赶快回来,我们这儿就要招待一个镇的人了。"博斯特先生说。

"我只希望他赶得上登记那块宅地。"妈妈忧虑地说。

---

① 苏瀑是美国南达科他州明尼哈哈县县治。2006年人口142,396人,是该州最大城市。1876年建镇,1883年建市。因附近的瀑布群而得名。

爸爸打赌

那一天像梦境一样虚幻。劳拉的眼皮重得抬不起来,她一个劲地打哈欠,却不是困得想倒头睡觉。中午,年轻的辛兹先生和霍森先生父子来吃午餐。下午,新造的屋架上传来锤子叮叮咚咚的响声。爸爸似乎走了很久了。

那天晚上爸爸没回来,第二天白天也没回来,到了晚上还是不见他的踪影。劳拉肯定爸爸在登记宅地的时候一定是遇到了麻烦。也许宅地没登记上。如果是这样的话,他们也许还得去更西边的俄勒冈州。

除了辛兹先生和霍森先生父子晚上在火炉旁的地板上过夜外,妈妈不再允许其他人在屋里过夜。天气已经不那么寒冷了,旅人们就算睡在马车上也不会被冻坏。妈妈依然收取二十五美分餐费。夜深了,她和博斯特夫人还在做晚餐,劳拉忙着洗碟子。来用餐的人太多了,劳拉已经忙得懒得去数人数了。

第四天快傍晚的时候,爸爸终于回来了。他一边把疲劳的马赶进马厩一边朝她们挥手,然后笑眯眯地走进屋里。"嗨,卡罗琳!姑娘们!"他说,"我们的宅地登记好了。"

"真是太好了!"妈妈高兴地大声说。

"我就是为了它才出门的,不是吗?"爸爸笑着说,"哇!马车上真是冷死了!让我到火炉旁暖暖身子。"

妈妈拨旺炉火，把水壶放在炉子上煮茶。"你遇上什么麻烦了吗，查尔斯？"她问。

"你简直没法相信，"爸爸说，"我从来没见过那么多人，好像全国各地的人都赶来抢土地了。头天晚上我到了布鲁金斯，第二天一早出现在土地局门前时，发现压根就挤不到门口。所有人不得不排成队轮流登记。我前面已经排了很多人，所以那天根本没轮到我。"

"你不会在那儿站了一整天吧，爸爸？"劳拉大声问。

"没错，小丫头，是一整天。"

"什么也没吃？哦，不，爸爸。"卡莉说。

"嗯，这倒是小事。让我担心是黑压压的人群，我实在担心有人会抢在我前面把那块土地登记了。卡罗琳，你从来没见过那么多人。但是跟后来的事情一比，我起初的担心简直是小菜一碟。"

"后来发生什么事了，爸爸？"劳拉问。

"让我喘口气再说，小丫头。嗯，土地局关门后，我跟着人群到旅馆吃晚餐，然后听到两个人在说话。其中一个已经登记了休伦附近的一块地，另一个说德斯梅特将来会成为比休伦更繁华的城镇，然后他就提到了我去年冬天相中的那块地。他还提到了地块的标号，还说准备第二天一早就把那块地登记，那块地是城镇附近剩下的唯一一块空地。虽然他压根没见过那块地，无论如何他都要把它登记。

"嗯，我听了这么多就明白了，决定无论如何要赶在他前面抢到地。起先我想第二天起个大早，后来一想就算这样也不一样有机会，于是我吃完晚餐就径直走到土地局门口。"

"土地局不是关门了吗？"卡莉说。

"是的，我往门槛上一坐，准备在那儿过夜。"

"你真没必要那么做，查尔斯。"妈妈边说边把一杯茶递给爸爸。

"没必要那么做？"爸爸说，"有这样想法的不只我一个人，所幸我是第一个到的。那天晚上大概有四十个人彻夜排队，我偷听到说话的那两个人就排在我旁边。"

爸爸朝茶杯里的热茶轻轻吹了吹，让茶快点凉下来。劳拉说："可是他们不知道你也要那块地，是不是？"

"他们压根不认识我。"爸爸一边喝茶一边说，"可是过了一会儿有个家伙走过来，大声叫：'嗨，英格斯！你在银湖边过冬啦！准备在德斯梅特安家了吗？'"

"哦，爸爸！"玛丽惊叫了一声。

"那真是火上浇油！"爸爸说，"我知道我要是脚跟稍微不站稳，就会失去那块地。所以我牢牢地扒在门口。太阳升起来时，人群已经翻了一番。土地局门还没开，我已经被几百号人推来搡去。那一天排队的队形都没了。每一个人都像恶魔一样只顾自己。

"嗯，姑娘们，后来土地局的门总算开了。再来点茶吧，卡罗琳。"

"哦，爸爸，快讲下去！"劳拉着急地说，"快讲吧！"

"门一开，"爸爸说，"那个休伦人就把我挤到后面。'快进去！我按住他！'他对另一个家伙说。看起来免不了要打一架了，但是如果我和他打架，另一个家伙就会抢到我的宅地。就在那时，一眨眼的工夫，有个人像块大石头似的扑到那个休伦人身上。'进去，英格斯！'他朝我大叫，'我来对付他！哇——嘿——嘿！'"

爸爸尖锐的叫声像山猫的叫声一样回荡在屋子里。妈妈惊讶地说:"天啊,查尔斯!"

"你们猜不到那个人是谁。"爸爸说。

"是爱德华先生!"劳拉大声说。

爸爸吃了一惊。"你怎么猜到的,劳拉?"

"在印第安保留区时,他就是那样大叫的。他是田纳西州的野猫。"劳拉说,"哦,爸爸,他现在在哪儿?你带他回来了吗?"

"我没能把他带回家。"爸爸说,"我费尽口舌请他到家里来,但是他在南边登记了一块地,必须留在那里,免得被人强占了。他让我跟你们问好,问候卡罗琳、玛丽,还有劳拉。要不是他,我肯定得不到那块地了。天啊,他带头打了一架。"

"他受伤了吗?"玛丽焦急地问。

"一点儿也没伤到。他只是带了头,我一进办公室登记宅地他就从人群里钻了出去。过了好一会儿,骚动的人群才恢复了平静。他们真是——"

"结果好,一切就好,查尔斯。"妈妈说。

"是的,卡罗琳。"爸爸说,"嗯,姑娘们,我和山姆大叔打了个赌,花十四美元换来一百六十英亩土地,还要在那片土地上住五年。你们打算帮我赢得这场赌局吗?"

"哦,当然啦,爸爸!"卡莉迫切地说。玛丽高兴地说:"当然,爸爸。"劳拉认真地回答:"是的,爸爸。"

"我不想把它当成赌博。"妈妈温柔地说。

"任何事情差不多都是一次赌博,卡罗琳。"爸爸说,"除了死亡和交税之外,没有什么是确定的。"

爸爸打赌

建设热潮

和爸爸的聊天还没聊够,夕阳就从西边的窗户里斜射进来,照在屋里的地板上。妈妈说:"我们得准备晚餐了,用餐的人很快就来了。"

"用餐的人?"爸爸问。

"哦,妈妈,请等一等,我要给爸爸看看。"劳拉央求妈妈。"有一个给你的惊喜,爸爸!"说完劳拉飞快地跑进储藏室,从几乎已经被掏空的豆子袋里拉出一小袋子钱。"瞧,爸爸,瞧!"

爸爸惊讶地摸了摸小袋子,看了看她们,绽放出灿烂的笑容。"卡罗琳!姑娘们,你们哪来的钱?"

"你看看里头,爸爸!"劳拉大声说。但是她等不及爸爸把袋子解开就说:"十五美元二十五美分!"

"我太激动了!"爸爸说。

接着,劳拉和妈妈开始准备晚餐,卡莉和玛丽告诉了爸爸他不在时发生的事情。他们话还没说完,又有一辆马车停在门口。那天晚上有七个陌生人在家里吃晚餐,又给他们增加了一美元七十五美分的收入。有爸爸在家,陌生人就可以睡在火炉边的地板上了。劳拉不在乎自己洗了多少碟子,也不在乎自己有多困、有多累,只要知道爸爸妈妈有钱了,自己出了一份力,她就心满意足了。

第二天一早,劳拉大吃一惊,因为许许多多人来吃早餐。她没空说话，飞快地洗碟子似乎还不够快，等终于把洗碟盆清空、挂起来后，几乎来不及把地板扫干净、刷干净就要开始削土豆、准备午餐了。她只是趁清空洗碟盆的时候瞥了一眼料峭三月蔚蓝的天空和朵朵白云，还有天空下褐色的草原。她还看见爸爸赶了一车木材往城镇的方向驶去。

"爸爸去干什么啊？"她问妈妈。

"他要在镇上搭一所房子。"妈妈回答。

"给谁搭呢？"劳拉一边扫地一边问。她的手因为浸在水里太久，起皮了。

"给谁？"妈妈说，"当然是给他自己啊。"妈妈抱着一大堆床褥，拿到屋外晒。

"我以为我们要搬到宅地去呢。"妈妈进屋时劳拉说。

"要过六个月我们才必须到宅地安家，"妈妈说，"城镇上正在大兴土木，你爸爸觉得在镇上造一所房子能挣钱。他拉来了搭铁路棚屋的木材，准备搭一爿商店卖。"

"哦，妈妈，真是太好了，我们又能挣钱了！"劳拉一边说一边卖力地扫地，妈妈又抱出来另一些床褥。

"轻轻扫，劳拉，别让扫帚往上扬，会扬起灰尘的。"妈妈说，"是的，不过我们不能在蛋还没孵出来前数小鸡。"

那一整个星期，屋子里来来往往的都是过往的旅人、在城镇或者宅地造房子的定居者。妈妈和劳拉从早忙到深夜，连喘口气休息的时间都没有。从早到晚喧闹的马车从门前驶过，赶马车的人一刻不停地从布鲁金斯把木材拉到城镇上，黄色的屋架子像雨后春笋纷纷冒出来。铁路地基旁的泥泞土地上已经看得出城镇主干道的雏形。

每天晚上，宽敞的大房间和单坡顶小屋里铺满了被褥。爸爸和投宿的人一起睡在地板上，这样玛丽、劳拉和卡莉就能和妈妈、格蕾丝一起睡在卧室里了，腾出阁楼上的地板给其他人过夜。

储藏室里的食物全吃完了，妈妈不得不去买面粉、盐、豆子、肉和玉米片，所以挣不了多少钱。妈妈说，因为铁路和马车运输费高，所以这儿的物价是明尼苏达州的三四倍。而且道路泥泞，马队能装载的货物有限。不过无论如何，妈妈能从每顿餐上挣几个美分，即使少得可怜也比没有好。

劳拉真希望有时间去看看爸爸建造的房子，再和爸爸聊一聊房子的事情，可是每天爸爸都和投宿的人一起用餐，吃完又匆匆地和他们一起走了，劳拉压根找不到时间和他说话。

一夜之间，原来一无所有的褐色草原上升起了一座城镇。又过了两个星期，主干道两旁竖起了一座座新房子，薄薄的墙面竖得笔直，虽然有些连油漆还没刷，有些房顶也只铺了一部分屋顶板。陌生人已经住进了没完工的屋子里，烟囱里冒出了炊烟，玻璃窗在阳光下闪闪发亮。

一天，劳拉听见有个人在嘈杂的餐桌旁说，他正准备开一家旅馆。前一晚他已经从布鲁金斯拉来了一车木材，他妻子会拉来第二车木材。"过一个星期，我们就开张。"他说。

"真是个好消息，先生。"爸爸说，"这个城镇就缺一家旅馆。只要一开张，你的生意就会像土地局那样好。"

人潮汹涌而来，又突然退去。一天傍晚，爸爸、妈妈、劳拉、玛丽、卡莉和格蕾丝一起坐在桌边吃晚餐，没有其他人。屋子又变回了他们自己的家，洋溢着宁静、安详的气氛，像暴风雪停歇时那般静谧，也像久旱逢甘霖那般舒心。

"老实说，我真不知道自己原来这么累。"妈妈平静地叹了口气。

"真高兴你和姑娘们招待陌生人的工作快结束了。"爸爸说。

他们没有多说话,享受着一家人安安静静吃晚餐的快乐。

"劳拉和我数了数,"妈妈说,"我们挣了四十多美元。"

"四十二美元五十美分。"劳拉说。

"我们把它存起来,留到需要时用。"爸爸说。如果能把这笔钱存起来,劳拉想,就有希望送玛丽去上学了。

"这几天测量队随时都会回来,"爸爸继续说,"最好做好搬家的准备,到时就能把房子还给他们,然后我们住到镇上的屋子里。"

"好极了,查尔斯。明天我们就清洗被褥,打包行李。"妈妈说。

第二天,劳拉帮妈妈洗被子、毯子。她高兴地把一满篮子衣物拿到屋外,摊在晾衣绳上。三月的天气虽然有点凉,但是让人嗅到了早春清香的味道。马队的马车慢悠悠地沿着泥泞的道路向西驶去。银湖里的冰融化了,只在岸边和沼泽地的枯草丛里还能看到零星的碎冰。银湖水和天空一样碧蓝透亮,耀眼的天际一队小黑点从南方飞来,远远地传来野鹅孤寂、狂野的叫声。

爸爸匆匆忙忙地走进屋里。"春天的第一群野鹅飞来了!"他说,"午餐吃烤野鹅怎么样?"然后他又匆匆忙忙地带着猎枪出去了。

"嗯,真不错!"玛丽说,"烤野鹅配鼠尾草填料!你喜欢吃吗,劳拉?"

"不喜欢,你知道我不喜欢,"劳拉回答,"我不喜欢吃鼠尾草。我们要拿洋葱做填料。"

"可是我不喜欢吃洋葱!"玛丽生气地说,"我要吃鼠尾草!"

劳拉正在刷地板,这时干脆跪在地上说:"我才不管你喜欢吃什么,反正我不吃鼠尾草!我想有时候我能想吃什么就吃什么!"

"怎么啦，姑娘们！"妈妈惊讶地说，"吵架了？"

"我要吃鼠尾草！"玛丽坚持。

"我要吃洋葱！"劳拉大声说。

"姑娘们，姑娘们！"妈妈苦恼地说，"我想不出你们都在想些什么。我从来没听过这样的傻话！你们俩明明知道我们既没有鼠尾草，也没有洋葱。"

这时门开了，爸爸走进来。他平静地把猎枪挂回墙上。

"射程范围内一只野鹅也没有，"他说，"整个鹅群刚落到银湖上就又飞了起来，一个劲往北飞。它们一定是看见了新建的房子，听见了喧闹声。看起来从今以后这里的野禽会越来越少。"

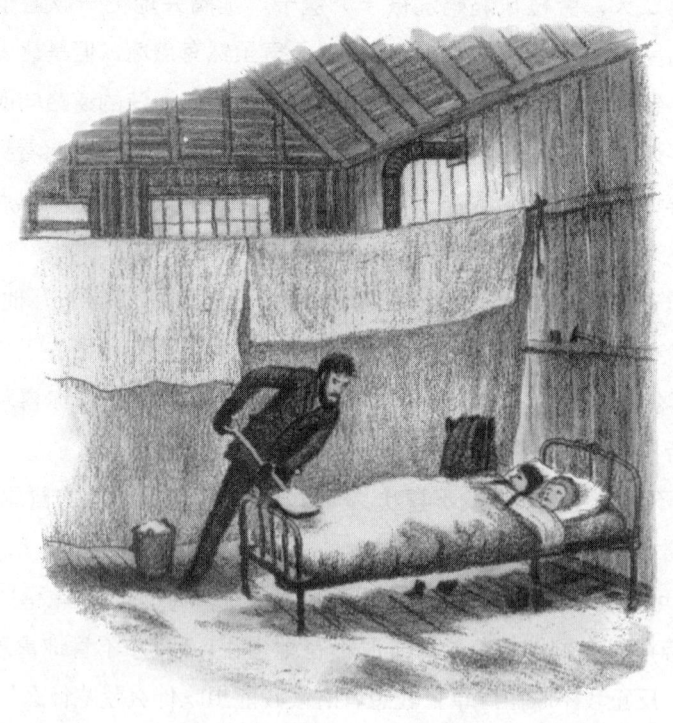

镇上的生活

建设中的小镇周围无边无际的草原在阳光下泛着绿莹莹的光芒,小草的新芽从泥里钻了出来。银湖荡漾着碧蓝色的微波,清澈的水面上倒映着一大朵一大朵雪白的云。

劳拉和卡莉慢慢地走在玛丽两旁,往城镇走去。满载的马车跟在她们身后,爸爸、妈妈和格蕾丝坐在马车上,马车后面拴着母牛艾伦。他们正要搬到爸爸在镇上建的房子里去。

测量队已经回来了。博斯特先生和夫人也已经搬到了宅地。除了没建完的房子,他们没有其他地方可住。忙碌喧闹的镇上全是劳拉不认识的陌生人。她感到了孤独,也觉得有些害怕,不像在草原上时那么自由自在、那么畅快。城镇的出现让一切变得不一样了。

城镇主干道的两旁人们都在忙着建造新房子。刨花、木屑、零碎的木块散落在泥泞的路面上,小草刚冒出芽就被踏弯了腰,被压出深深的车轮痕迹。透过还没铺上墙板的屋架子和房子之间的巷子,看得到街道尽头那片宁静的绿色大草原。清朗的天宇下,绿色的涟漪荡漾开去。可是城镇上却到处都闹哄哄、乱糟糟的,有刺耳的拉锯子的声音、咚咚咚敲打铁锤的声音、砰地往地上扔箱子的声音,还有从马车上卸下木板哐啷的声音和人们响亮的说话声。

劳拉和卡莉胆怯地等在一旁,等爸爸的马车赶到她们身旁,才又拉着玛丽走在马车旁,直到来到爸爸建房子的街角。

高耸的墙面突然出现在她们面前,遮去了半边天空。爸爸造的房子有一扇前门,门两侧有两扇玻璃窗。开门进去是一间长长的房间,另一头有一扇后门,门边也装了一扇窗户。地上铺着宽宽的木板,墙也是用木板搭成的,阳光从木板缝隙和节孔里照进来。这就是整个房子了。

"这所房子不够暖和,也不够结实,卡罗琳。"爸爸说,"我还没来得及把所有的墙板和天花板装好,屋檐底下还没装檐沟,漏了一大条缝。不过现在已经是春天了,我们不会受冻的,我很快就能把房子造好。"

"你一定要搭一个楼梯,不然没法上阁楼。"妈妈说,"在你隔出房间前,我就拉个帘子,隔出两个房间当卧室。现在的天气已经很暖和了,没有墙板和天花板也没关系。"

爸爸把母牛和马拴在房子后面的小马厩里,然后支起炉子,又拉了根绳子让妈妈挂帘子。妈妈挂帘子时,劳拉帮爸爸搭床架,然后和卡莉一起铺床。玛丽逗格蕾丝玩,妈妈做晚餐。

他们吃晚餐时,灯光照在白色的帘子上,可是房间的另一头却黑漆漆的,从木板缝隙里钻进来的冷风把煤油灯火吹得摇曳不止,帘子也随风摆动。房子空荡荡的,劳拉总觉得外面的陌生人近在咫尺。她看见陌生人的窗户里散发出灯光来,听见街道上有人提着灯笼走过的脚步声和模糊不清的说话声。夜深人静时,劳拉依然能觉得自己被拥挤的人群包围着。她和玛丽躺在漆黑通风的房子里,盯着夜色中模糊的白色帘子,听静悄悄的声音,感觉自己像是被困在了城里。

深夜里,她有时候梦见狼嚎声,可她明明是躺在了床上,只有风在呼啸。她冷得浑身哆嗦,冷得不愿意醒过来。被子似乎太薄了，她朝玛丽靠过去，把冰冷的脑袋藏在单薄的被子底下。她在睡梦中浑身哆嗦，紧紧蜷缩起身体，直到后来才渐渐变得暖和。第二天一早醒来时，她听见爸爸在唱：

  哦，我快乐得像一株高大的向日葵，
  它在轻风中点头弯腰！
  我的心像一阵轻盈的风，
  吹过枝头，抚下落叶！

劳拉睁开一只眼睛，从被子底下往外瞥。一片雪花轻轻地飘到她的脸上，屋子里洋洋洒洒的全是雪。

"哇噢！"她惊叹了一声。

"躺着别动，劳拉！"爸爸说，"姑娘们都别起来。我马上把雪铲掉，等我把炉子生起来，帮妈妈铲掉雪。"

劳拉听见火炉盖子丁零当啷响，然后是擦火柴的声音和火苗噼里啪啦的声音。她一动不动，身上的被子压得重重的，她浑身暖洋洋的。

过了一小会儿，爸爸撩起帘子走到床前。"床上的雪足有一英尺厚！"他大声说，"不过一眨眼的工夫我就能把雪铲掉。躺着别动，姑娘们！"

劳拉和玛丽躺着一动不动，让爸爸把她们被子上的雪铲掉。雪没了，她们一下子觉得冷飕飕的，然后浑身哆嗦着看爸爸把卡莉和格蕾丝床上的雪铲掉。接着爸爸去马厩把艾伦和马儿身上的雪铲掉。

"起床吧，姑娘们！"妈妈叫道，"拿好衣服，到火炉边穿。"

劳拉从温暖的被子里跳出来,从昨晚放衣服的椅子上抓起衣服,掸落雪花,光着脚丫跑过撒满了雪花的冰冷地板,飞奔到帘子那头的火炉边。她一边跑一边说:"玛丽,你等一下啊,我马上回去,帮你把衣服上的雪掸掉。"

劳拉飞快地抖动衬裙和连衣裙,雪花没来得及融化就簌簌落到了地上。接着她抖掉袜子上的雪,倒掉落进鞋子里的雪,把鞋袜穿上脚。她动作麻利,一穿上衣服就觉得浑身暖和了。然后她抖掉玛丽衣服上的雪,搀着她飞快地走到温暖的火炉边。

卡莉又叫又跳地跑过来。"哦,雪花把我的脚焐热了!"尽管她冷得牙齿打战,却开心地大笑。在漫天飘飞的大雪中醒来让她激动得手舞足蹈,等不及劳拉抖掉她衣服上的雪就跳下了床。劳拉替她扣上纽扣,然后她们俩穿上外套,拿起铲子和扫帚,把雪扫到了房间另一头的角落里。

街道上雪花漫天,路两旁全是雪堆。木材堆变成了一座座小雪山,光秃秃的黄色屋架子在纷飞的大雪中显得十分单薄。太阳升起来了,为小雪山向阳的一面披上了玫瑰色的光泽,而背阴的一面泛着幽蓝的光。从缝隙里钻进来的风像冰一样寒冷。

妈妈在火炉旁把披肩暖热,裹在格蕾丝身上,然后让玛丽抱着她坐在火炉旁的摇椅里。旺盛的炉火把周围烤得暖洋洋的。妈妈在火炉旁支起餐桌,爸爸回来时早餐已经上桌了。

"这栋房子像一个筛子,"爸爸说,"雪花从缝隙和檐沟吹进来,简直像刮起了暴风雪。"

"想想看,一整个冬天都没碰上暴风雪,现在已经四月了,居然下雪了。"妈妈惊叹道。

"幸亏是夜里下雪,人们都躲在了屋子里,"爸爸说,"如果是白天的话，肯定会有人迷路、冻坏的。没人会料到这个时候来一场暴风雪。"

"嗯，天很快就会转暖的。"妈妈自信地说，"'四月雨五月花'，四月的暴风雪会带来什么呢？"

"有一样是肯定要的，隔墙。"爸爸说，"今天我就搭出隔墙，把火炉散发的热量围在里头。"

爸爸说到做到。一整天他都在火炉旁锯木头、锤钉子。劳拉和卡莉帮爸爸握住木板，格蕾丝在玛丽的膝头玩木屑。隔板隔出了一个小房间，里面有炉子、桌子、床，从小房间的窗户往外眺望，看得到白雪皑皑的绿色草原。

爸爸搭好隔墙后又往屋里搬了一些木材，开始装天花板。"好歹堵住一些缝隙。"他说。

镇上的其他房子里也回响着锯木头、锤钉子的声音。妈妈说："比尔兹利夫人真是太不容易了，房顶还没修完就开始经营旅馆了。"

"一个国家就是这样建设起来的，"爸爸说，"在头顶上建，在脚底下建，不停地建设。如果我们等到什么东西都齐全了才动手，就没法得到称心如意的东西了。"

过了几天，雪化了，春天又回来了。从草原上吹来的风带来潮湿泥土和青草的香味。太阳一天比一天早地从东方升起，蔚蓝的天空中从早到晚都回荡着野鸟的叫声。劳拉抬头一望，便能看见成群的野鸟在辽阔的空中飞翔，像是弥漫在晶莹剔透的空气中的小黑点。

可是，它们不再密密麻麻地栖息在银湖上。只有零星几只疲惫不堪的野鸟会在日落很久之后落在沼泽地里，第二天日出前就又振翅飞向高空。野鸟不喜欢人头攒动的城镇，劳拉也不喜欢。

劳拉心想:"我宁愿住在草原上,和野草、野鸟、爸爸的小提琴做伴。嗯,就连和狼做邻居也比这里好!哪里都比这个泥泞、嘈杂、到处是陌生人的城镇好。"然后她问爸爸:"爸爸,我们什么时候搬到宅地去?"

"等把这栋房子卖掉。"爸爸回答。

每天,越来越多的马车涌进城镇。马车碾过泥泞的街道,从窗前经过。成天灌进耳朵里的都是敲锤子的声音、靴子疾步走的声音,还有人们的说话声。铁路地基上工人们正在用铲斗平整路面,马队忙着卸下枕木和铁轨。到了晚上,工人们聚在酒馆里高声谈笑、大喝特喝。

卡莉喜欢城镇,她想要出门,到处走走看看。她可以一连几个小时站在窗口往外眺望。有时候,妈妈允许她穿过街道,找住在街对面的两个小姑娘玩。不过,更多的时候是那两个小姑娘来家里找卡莉玩,因为妈妈不想让卡莉跑出她的视野。

"劳拉,你心神不宁的样子让我担忧。"一天妈妈说,"你以后要教书,为什么不现在就开始试试呢?你觉得每天给卡莉、路易莎和安妮上一点儿课好不好?这样就能把卡莉留在家里,对我们大家都好。"

劳拉心里不乐意,她不想给她们上课,但是不得不顺从地说:"好的,妈妈。"

她转念一想,也许试试不是一桩坏事。于是第二天早晨,路易莎、安妮过来找卡莉玩时,劳拉告诉她们,她要办个课堂,然后她让她们坐成一排,让她们学习妈妈的旧课本里的一课。

"你们先自己念十五分钟,"劳拉告诉她们,"然后背诵给我听。"

她们瞪大了眼睛盯着劳拉，可是没说话，然后把脑袋凑到一起，念起了课文。劳拉像模像样地坐在她们前面。这十五分钟像几个世纪一样漫长，后来她们终于背诵了课文。然后劳拉教了她们一点算术。一看到她们坐立不安，劳拉就命令她们坐好，并且说话之前要举手。

"我相信，你们一定学得很好。"午餐时间终于到了，妈妈赞赏地说，"你们可以每天早上过来，让劳拉教你们。请转告你们的妈妈，我下午会去拜访她，告诉她我们办了一个小课堂。"

"好的，夫人。"路易莎和安妮轻轻地说，"再见，夫人。"

"只要勤奋、有毅力，劳拉，我相信你会成为一名优秀的教师。"妈妈表扬劳拉。劳拉回答："谢谢你，妈妈。"她心想："既然要当教师，那就得努力当一名好教师。"

褐色头发的小安妮和红色头发的路易莎一天比一天来得晚，而且她们一天比一天难教。她们总是不专心，劳拉根本没法让她们安静下来，没法给她们上课。终于有一天，她们不来了。

"也许她们还太小，不乐意学知识，但是不知道她们的妈妈是怎么想的。"妈妈说。

"别气馁，劳拉。"玛丽说，"无论如何，你在德斯梅特教了第一堂课。"

"我没有气馁。"劳拉欢快地说。她终于从教课中解脱了，心里高兴极了，一边拖地一边唱起了歌。

这时，卡莉在窗口大叫："快看，劳拉！出事了！怪不得她们没来！"

旅馆门前聚集了一大堆人，而且越来越多的人从四面八方赶来，响起喧闹的脚步声、说话声。劳拉想起了发工资的那天爸爸被威胁的事情。过了一会儿,她看见爸爸挤出人群,往家里走。

他进门时看起来有些忧虑。"你们觉得马上搬到宅地怎么样,卡罗琳?"他问。

"今天吗?"妈妈问。

"后天。"爸爸回答,"我得先花点时间搭个棚屋。"

"坐下,查尔斯,告诉我出什么事了。"妈妈静静地说。

爸爸坐了下来,说:"有人被杀了。"

妈妈顿时瞪大了眼睛,屏住了呼吸,惊讶地问:"就在这儿?"

"在城镇南面。"爸爸站起来说,"一个非法侵占宅地的匪徒杀死了亨特。亨特以前在铁路地基上工作,昨天他和他父亲一起搬到宅地。他们刚在宅地的棚户前停下马车,就有一个人从门里走出来,盯着他们。亨特问他在那里干什么,他就掏出枪把亨特打死了。他还想打死亨特的父亲,但是没射中,然后他就扬起马鞭,骑马逃走了。亨特父子没有带枪,之后亨特的父亲赶到米切尔县,找来了警察。他们逮住了那个杀人犯,逮住了他!"爸爸恼火地说,"如果我们早知道就好了,绞死他也算是便宜他了。"

"查尔斯!"妈妈说。

"好了,"爸爸说,"我想我们必须尽快搬到宅地,免得被人侵占。"

"我也是这么想的。"妈妈说,"等你一搭好能遮风蔽雨的棚子,我们就立刻搬家。"

"给我准备一点吃的,我马上出发。"爸爸说,"我去拉一车木材,再找个帮手,今天下午就把棚屋搭起来。明天我们就搬家。"

镇上的生活

搬家

"快醒醒,小懒虫!"劳拉一边叫一边用双手在被子底下摇晃卡莉。"今天是搬家的日子!赶快起床,我们要搬到宅地去啦!"

他们飞快地吃早餐,连说话都没顾上,然后劳拉飞快地洗碟子,卡莉把碟子一个个擦干。妈妈整理好最后一箱东西,爸爸把行李搬上马车。今天是劳拉记忆中最高兴的一个搬家日。妈妈和玛丽由衷地高兴,因为全家的西部之旅终于要结束了,他们会安顿在宅地上,再也不搬家了。卡莉兴高采烈,因为她一直想要去看看宅地是什么样的。劳拉欢天喜地,因为他们终于可以离开城镇了。爸爸也很高兴,因为他本来就喜欢搬家。因为大家都高高兴兴的,所以格蕾丝也高兴地唱歌欢闹。

碟子擦干后,妈妈把它们装进了浴盆里,这样路上就不容易颠坏。爸爸把大衣箱、打包好的箱子和装满了碟子的浴盆搬上了马车,然后妈妈帮着他拆下烟囱,把烟囱和火炉一起搬进车厢。爸爸把桌子、椅子堆在最上面,然后看了看满载的马车,捋了捋胡须。

"我得来回两趟,才能把所有东西搬完。"爸爸说,"把剩下的东西准备好,我很快就回来。"

"但是你一个人没法把炉子搬下车。"妈妈说。

"我能行,"爸爸说,"能搬上去就能搬下来,我会拿一块木板当滑坡,那里有很多木材。"

然后爸爸爬上马车走了。妈妈和劳拉把被褥紧紧卷成铺盖卷，拆掉了妈妈的大床架子和爸爸刚在城里买的两张崭新的小床架子。她们又小心翼翼地把煤油灯竖直装进箱子里，免得煤油洒出来，然后往玻璃灯罩里塞了报纸，裹上毛巾，放在煤油灯一旁。一切收拾稳妥，只等爸爸回来。

爸爸回来后，把床架子和箱子装上马车，再把铺盖卷放在上面。然后劳拉把小提琴盒递给他，他把琴盒小心翼翼地塞在被子里。他把古董架子背面朝下摆在最上面，确保它的正面不被刮伤。最后爸爸牵来了艾伦，把它拴在车后。

"好了，卡罗琳，上车吧！"他把妈妈扶上弹簧坐垫。"接住！"他把格蕾丝抛到妈妈的膝盖上。"到你了，玛丽！"爸爸一边温柔地说，一边把玛丽扶上车，让她坐在坐垫后边的木板上。劳拉和卡莉爬上车，挨着玛丽坐下。

"出发喽！"爸爸说，"我们很快就到家了。"

"哎呀，看在上帝的份上，劳拉，戴上太阳帽！"妈妈大声说，"春天的风会吹伤皮肤。"她说着把格蕾丝的帽子往下拉，遮住了格蕾丝柔嫩的小脸。玛丽和妈妈的脸都被太阳帽遮得严严实实的。

劳拉慢悠悠地拉起挂在后背的太阳帽，宽宽的帽檐几乎遮到了她的脸颊，把身后的城镇挡在了她的视线之外。透过帽檐，她只看到绿色的草原和蔚蓝的天空。

马车在风干的泥路上颠簸，劳拉紧紧抓住弹簧坐垫的边沿，跟着马车一起颠簸，可是她也没忘了看眼前的蓝天绿地。突然，蓝天下的绿草原上，两匹戴马具的棕色的马肩并肩小跑而来。缎子般黑亮的鬃毛和尾巴随风飞扬，两肋和肩膀在阳光下闪闪发亮，纤细的腿迈着优雅的步伐，脖颈微曲，耳朵竖直，一边向前走一边傲气十足地摆着头。

"哦，多漂亮的马啊！"劳拉大声说，"看啊，爸爸，快看！"她扭头久久地盯着那两匹马。马儿拉着一辆轻便马车，赶车的是一个年轻人，旁边站着的一个高个子，用一只手搭着他的肩膀。没一会儿，男人的后背和马车就把马儿的身影遮住了，劳拉看不到马了。

爸爸也在座位上扭过头看那两匹马。"那是怀德兄弟，"他说，"赶车的是阿曼佐，旁边的是他哥哥罗伊尔。他们在城镇北边领了宅地，他们的马是整个地区最出色的马。哎呀，这样的两匹马是很少见的。"

劳拉多希望自己也有那样的马，可是她觉得她永远也不会有。

爸爸赶着马车往南走，穿过了绿色的草原，沿着一条平缓的斜坡朝大沼泽地驶去。斜坡坑坑洼洼的，凹陷的小土坑里积满了泥尘，长满了粗糙的野草。一只苍鹭耷拉着两条细长的腿，从附近的一个池塘里飞起来。

"它们值多少钱，爸爸？"劳拉问。

"什么，小丫头？"爸爸说。

"像那样的马。"

"像那样的两匹吗？不低于两百五十美元，也许要三百美元。"爸爸说，"怎么啦？"

"没什么，随便问问。"劳拉回答。三百美元是一笔巨大的数目，大得劳拉连想都不敢想了。只有有钱人才拿得出这笔钱买马。劳拉心想，如果有一天她也有钱了，她一定要买两匹黑色鬃毛、黑色尾巴的棕色好马。她任凭帽子被风吹到了背后，一门心思想象有一天骑着那样的马疾驰在草原上。

大沼泽地向西方和南方蔓延开去，马车的另一侧是银湖狭窄、湿软的入口。爸爸驶过狭窄的地方，到达了地势较高的草地。

"到了！"爸爸说。宅地上新建的棚屋矗立在明媚的阳光下，看起来就像是为青草幽幽、连绵起伏的草原安了一座黄色的玩具屋。

爸爸扶妈妈下车时，妈妈笑着说："它看起来像是木棚被劈成了两半。"

"你错了，卡罗琳，"爸爸说，"这是一座只建了一半的屋子，另一半还没完工。我们很快就能把另一半建起来。"

小木屋和半面斜坡屋顶是用粗糙的木板搭成的，木板上还带着裂缝。窗和门还都没装好，但是屋里已经铺了一层地板。地板上有一扇活板门，通往地窖。

"昨天我只来得及挖地窖、竖墙板，"爸爸说，"但是现在我们在这儿了，没人敢侵占我们的宅地了。我很快就能把屋子搭好，卡罗琳。"

"我真高兴终于到家了，查尔斯。"妈妈说。

日落前他们住进了这栋分外有趣的小屋里。炉子支起来了，床铺好了，帘子也挂起来了，把小屋子隔出了两间小卧室。晚餐做好、吃完了，碟子洗好了，夜色轻轻地降临在草原上。没人想要点灯，因为春天的夜色太美了。

妈妈坐在门口的摇椅里轻轻地摇，怀里抱着格蕾丝，卡莉紧紧地挨着她。玛丽和劳拉坐在门槛上。爸爸坐在门外草地上的一把椅子里。他们都不说话，只是望着天幕上的星星一颗接一颗亮起来，听着沼泽地里的青蛙呱呱叫。

一缕清风在低声吟唱，黑丝绒一样柔软的夜色静谧而安宁，穹窿般的天幕上星星欢快地一眨一眨。

然后爸爸轻轻地说:"我很想来点音乐,劳拉。"

劳拉从妈妈的被褥里掏出小提琴盒。爸爸从琴盒里拿出小提琴,为小提琴调好音。接着他们一起在星空下、夜色里唱起来:

> 哦,把烦恼赶跑吧,
> 哭泣只能带来悲伤。
> 如果今天不那么顺利,
> 明天将是新的一天。

> 把烦恼赶跑吧,
> 尽你所能做到最好。
> 用你的肩膀去推动命运之轮,
> 这是每个人的座右铭。

"等屋顶盖好,我就把牧羊女瓷像摆出来。"妈妈说。

爸爸用琴音回应妈妈,欢快的音符像是阳光下波光粼粼的溪水,跳跃着汇入清澈的池塘。月亮升起来了,银白色的月光点亮了整个夜空,星星也沉醉其中。清冷的月光也洒在了黝黑、广袤的大地上。爸爸轻柔地伴着琴声吟唱:

> 当星星明亮地闪烁,
> 当风轻轻地叹息,
> 当黄昏的暗影笼罩在草地上,

搬家

有一点小小的烛火在闪耀,
它从山下的小屋里透出来,
我知道那是为我点亮的火光。

宅地上的小棚屋

"首先要做的就是挖一口井。"第二天早晨爸爸说。然后他扛起铁锹,吹着口哨朝大沼泽地走去。劳拉清理餐桌时,妈妈卷起了袖子。

"好了,姑娘们,"妈妈兴致勃勃地说,"只要我们齐心协力,很快就能把屋子收拾妥当。"

可是那天早晨就连妈妈也犯难了。狭小的棚屋里塞得满满当当,每一样东西都要精打细算才能摆进去。劳拉、卡莉和妈妈把家具一会儿搬到这儿,一会儿又挪到那儿,然后站着想办法,过了一会儿又试着再摆一次。爸爸回来时,玛丽的摇椅和桌子还在屋外放着呢。

"嗯,卡罗琳,井挖好了!"爸爸大声说,"六英尺深,流沙里渗出了凉爽清甜的地下水。我会钉一块井盖,免得格蕾丝掉进去,很快就会完成的。"他看着屋里乱糟糟的样子,推了推帽子,挠了挠脑门,"摆不下了吗?"

"摆得下,查尔斯,"妈妈说,"有志者事竟成。"

后来劳拉想出了摆放床架的办法,但问题是现在他们有三张床架,并排放的话,玛丽的摇椅就没地方摆了。劳拉想到把三张小床并拢挨着墙角放在一起,然后让大床的床脚对着小床垂直摆放,床头紧挨着另一面墙壁。

"然后在我们的小床周围拉一圈帘子,"劳拉告诉妈妈,"再在你们的床边拉一道帘子,这样你们的帘子旁就能放上摇椅了。"

"真是我的聪明丫头!"妈妈说。

劳拉和玛丽的床脚与墙壁间摆下了桌子,爸爸正在为那面墙安上窗户。妈妈的摇椅放在了桌子旁,古董架子摆在了门背后的墙角里。第四个墙角里摆下了炉子,用包装箱做成的碗碟柜放在了炉子旁。大衣箱正好摆在了炉子和玛丽的摇椅中间。

"有了!"妈妈说,"箱子就放在床底下,再好不过了!"

午餐时,爸爸说:"天黑前我会把另一半屋子搭好。"他说到做到。他在南面炉子旁边的墙上安了一扇窗户,并装上了从镇里木材厂买来的门,然后在棚屋外面铺上焦油纸,用板条钉牢。

劳拉帮爸爸摊开气味难闻的宽宽的黑色焦油纸,铺在斜坡屋顶上和清新干净的松木板墙上,又帮爸爸剪开焦油纸,在风里摁住纸头让爸爸钉上木板条。焦油纸不漂亮,但是遮住了所有裂缝,把风挡在了屋子外面。

"好啦,一天的活终于圆满完工了。"他们坐下来吃晚餐时爸爸说。

"是啊,"妈妈说,"明天我们把其余的行李整理出来,就可以开始好好过日子啦。我得烤一些饼干,幸好还留了一些发酵面团。我觉得好像百八十年没吃酸面团饼干了。"

"你做的白面包和酸面团饼干味道好极了,"爸爸说,"但是如果我不去拉些柴火回来,就什么也烤不成。明天我就去亨利湖拉一车木柴。"

"我能跟你一起去吗,爸爸?"劳拉问。

"我也想去。"卡莉央求道。

"不行，姑娘们，"爸爸说，"我会出去很久，妈妈需要你们帮忙。"

"我想去看看树木。"卡莉解释说。

"别怪她，"妈妈说，"我自己也很想去看看树木，好让我的眼睛放松一下。草原上一棵树也没有，四面八方甚至连一棵灌木都没有。"

"这里很快就会绿树成荫的，"爸爸说，"山姆大叔正忙着这件事呢。每一个区域都有一块专门种树的宅地，移民必须在那里种上十英亩的树木。再过四五年，你放眼望去，就会到处都是树木。"

"到时我可得一饱眼福了。"妈妈笑着说，"夏天的时候，没有什么比绿荫更让人心旷神怡的了，而且树木还能挡风。"

"嗯，也许吧，"爸爸说，"一木成林。你还记得吧，在威斯康星州大森林时，为了开辟出一小块土地种庄稼，我们抡起锄头挖树桩，累得腰都直不起来。对于农民来说，能有现在这样的辽阔草原真叫人欣慰。不过山姆大叔不是这么想的，所以别担心，卡罗琳，你会看到整个地方绿树遍野的。就像你说的，树木能够挡风、改变气候。"

那天晚上他们都太累了，没有精力拉琴唱歌，吃完晚餐后就都早早入睡了。第二天天一亮，爸爸就赶着车去了亨利湖。

劳拉牵着艾伦去井边饮水时，天地沐浴在清晨晶莹的光芒里。草原上野洋葱白色的小花在风中翩翩起舞。棚屋所在的小山的山坡上，绿油油的青草丛里布满了一片片黄色、蓝色的野番红花。酢浆草粉紫色的小花含苞待放，被光滑油亮的三瓣草叶稳稳托住。劳拉一边走一边弯腰摘下酢浆草，把清新的、略带点酸味的茎和花瓣放在嘴里轻轻咬。

劳拉挑了一块长满青草的土坡，让艾伦吃草。从那里往北眺望，看得到城镇的轮廓。大沼泽地蜿蜒曲折，向西南方延伸，里面长满了高高的野草。草原的其他地方就像是点缀着春花的绿色地毯。

劳拉忘了自己已经是个大姑娘了，迎风张开双臂，向前奔跑，然后嗖地扑在草地上，像一匹无人管束的小马驹一样在草地上打滚。玩累了，她躺在柔软、清香的草丛里，眺望头顶蔚蓝的天空和珍珠般的白云。她心里洋溢着欢乐，激动得眼里噙满了泪水。

突然一个念头蹦了出来。"我的裙子沾上草渍了吗？"她立刻站起来，焦急地检查裙子。果然印花棉布裙沾上了一滴绿色的草汁。她明白自己应该立刻回家帮妈妈做家务，于是飞快地赶回铺满了黑色焦油纸的小棚屋里。

"真像老虎身上的斑纹。"她对妈妈说。

"你说什么，劳拉？"妈妈惊讶地抬起头问。她正把书往古董架子底层放。

"我是说这座棚屋，"劳拉说，"黑色的焦油纸上钉了一条条黄色的木板条。"

"老虎是黄皮黑斑的。"妈妈说。

"你们现在把箱子打开吧，"妈妈说，"我们把漂亮的东西摆在架子上。"

放书的那一层上面摆上了玛丽、劳拉和卡莉的小玻璃盒。每个盒子的侧面都镶着玻璃花，盖子上装饰着彩色的花朵。三个盒子把那一层架子点缀得闪闪发亮。

妈妈在第四层架子上摆上了座钟。棕色木匣子上镶嵌着圆形玻璃钟面，钟面周围是一圈木刻雕花图案。画着镀金花朵图案的黄铜钟摆在玻璃钟面后左右摇摆，发出滴答滴答的响声。在古董架子的顶层，劳拉摆上了洁白的陶瓷珠宝盒，盒子顶上是金色的茶托和小茶杯。在它的旁边是卡莉的棕白色相间的陶瓷狗。

"漂亮极了！"妈妈赞叹道，"古董架子令整个屋子熠熠生辉。现在该把陶瓷牧羊女摆上去了。"接着妈妈飞快地朝四周一看，大叫一声，"天啊，我的发酵面团！"

面团已经把锅盖顶了起来。妈妈匆忙在擀面板上撒了些面粉，然后揉面团，准备晚餐。妈妈把饼干放进烤炉时，爸爸赶车驶上了小山坡，他身后的车厢里堆了高高的一摞柳条。那是他为夏天准备的燃料，因为亨利湖没有像样的树木。

"嗨，小丫头！等一下再吃饭，卡罗琳！"爸爸大声说，"等我拴好马，我有东西给你们看。"

他麻利地从马身上卸下马具，搭在车杆上。他把马赶到拴马索那儿，然后匆匆走回来，掀起车厢前的马毯。

"你要的东西在这里，卡罗琳。"爸爸露出了灿烂的笑容，"我用毯子盖住它们，免得被风吹干。"

"是什么，查尔斯？"妈妈和劳拉探出头往车厢里瞧。卡莉爬上了车轮。"是树！"妈妈惊讶地大叫。

"小树苗！"劳拉大声喊，"玛丽！爸爸带回来了小树苗！"

"这是三叶杨。"爸爸说，"它们是孤树的种子发芽长出来的树苗，就是我们从布鲁金斯出来时看到的耸立在草原上的那棵大树。走到跟前时你会发现它真是一棵参天大树。亨利湖边到处都是它的树苗。我挖了这么多树苗，准备在棚屋周围种一圈防风林。等我把它们种进地里，卡罗琳，你的树就会茁壮成长啦。"

爸爸从车厢里拿出铁锹说："第一棵树是你的，卡罗琳，看一下，你想要把树种在哪里？"

"等一等。"妈妈说完匆忙走到炉子旁,关上阀门,把煮马铃薯的锅放到一边。然后她挑了一棵树苗。"我想把它种在门边。"她说。

爸爸用铁锹在草皮上铲了一个正方形,然后把草皮撬起来。随后他挖了一个坑,把柔软的泥土捏成碎土,然后小心翼翼地提起小树苗,移到洞里,并小心地护着树苗根部的泥土。

"扶住树苗,卡罗琳。"爸爸说。妈妈握住树苗,把它扶直,爸爸用铁锹铲起泥土撒在树苗的根上,直到把坑填满。然后他把泥土踩紧,往后退了一步,说:"好了,你可以看看这棵树了,卡罗琳,这可是属于你的树。吃完午餐,我们要给每棵树都浇一桶水,不过得先把它们种到泥土里。来吧,玛丽,轮到你了。"

爸爸在与第一棵树成一直线的地方挖了另一个坑,然后从车厢里拿了另一棵树苗。玛丽把它扶直的时候,爸爸把它种进了泥里。那棵就是玛丽的树。

"轮到你了,劳拉。"爸爸说,"我们要在屋子周围种一个正方形的防风林。妈妈的树和我的树站立在门口,你们的树站在我们的旁边。"

爸爸种树时劳拉扶住树苗,接着是卡莉。四棵小树排成一排立在草地上黝黑的小块泥土上。

"好了,轮到格蕾丝的树了。"爸爸说,"格蕾丝在哪儿呢?"他叫妈妈,"卡罗琳,把格蕾丝带出来,种她的树。"

妈妈从棚屋里探出头。"她在屋外啊,查尔斯。"妈妈说。

"我猜她在屋子后面玩呢,我去找她。"卡莉说完边跑边叫,"格蕾丝!"过了一会儿,她从棚屋后面跑回来,一双惊恐的眼睛睁得大大的,就连苍白的脸上的雀斑也更加醒目了。"爸爸,我没找到她!"

"她一定在附近。"妈妈说,然后她大声呼唤,"格蕾丝!格蕾丝!"爸爸也大声叫:"格蕾丝!"

"别光站在那儿!出去找她,卡莉!劳拉,快去!"妈妈说。然后,她惊叫一声:"水井!"沿着小路飞快地跑过去。

井盖盖得严严实实的,格蕾丝是不会掉进去的。

"她是不会丢的。"爸爸说。

"我把她留在了屋外,我以为她就在你身边。"妈妈说。

"她是不会丢的。"爸爸反复说,"刚才她还在我眼前呢。"随后爸爸又大声呼唤:"格蕾丝!格蕾丝!"

劳拉气喘吁吁地跑上山坡,哪里都不见格蕾丝的身影。她沿着大沼泽地,朝银湖的方向望去,又朝芳草萋萋的草原望去,左顾右盼、东张西望。可是除了野草和野花,什么也没有。"格蕾丝!格蕾丝!"她一声声叫唤,"格蕾丝!"

劳拉跑下山坡时遇见了爸爸,妈妈也喘着粗气奔上山坡。"她肯定在附近,劳拉,"爸爸说,"你一定是没发现她,她不可能——"爸爸失声惊叫,"大沼泽地!"然后他转身朝大沼泽地狂奔而去。

妈妈转身去追爸爸,一边跑一边回头喊:"卡莉,你和玛丽待在一起!劳拉,快去找她,快去!"

玛丽站在棚屋门口叫唤:"格蕾丝!格蕾丝!"大沼泽地边隐隐传来爸爸和妈妈叫唤声:"格蕾丝!你在哪儿?格蕾丝!"

如果格蕾丝失足掉进了大沼泽地里,那谁能找得到她呢?那里的杂草比劳拉的个头还高,蔓延几英亩,连绵几英里。光脚丫如果插进深不见底的泥浆里,拔都拔不出来,而且到处都藏着水潭。劳拉从站着的地方能听见粗糙的杂草在风中发出低沉而凄厉的声响,那声音几乎盖住了妈妈尖利的叫声："格蕾丝！"

劳拉感觉自己浑身冰冷，心里难受得要命。

"你为什么不去找她？"卡莉大声问，"别站在那儿！快去找她！我也去找！"

"妈妈让你和玛丽待在家里，"劳拉说，"你最好听话。"

"妈妈让你快去找！"卡莉尖声说，"快去找她！快去找她！格蕾丝！格蕾丝！"

"闭嘴！让我想想！"劳拉也尖叫起来，然后飞快地奔上洒满阳光的草原。

紫罗兰盛开的地方

劳拉径直朝南边跑去，柔软的青草摩挲着她的光脚丫，漂亮的蝴蝶在花丛间翩翩起舞。草原上没有一棵灌木，也没有杂草，格蕾丝不可能藏在哪里。阳光下除了随风摇摆的青草和野花，什么也没有。

如果她自己一边走一边玩，劳拉心想，她是不会跑到黑漆漆的大沼泽地的，也不会踏进淤泥里、草丛里。"哦，格蕾丝，我为什么没看好你呢？"劳拉想。她是这样一个漂亮可爱却又无助的小妹妹——"格蕾丝！格蕾丝！"劳拉尖声呼唤。她累得气喘吁吁，心口生疼。

但是她继续往前跑。"格蕾丝一定是朝这个方向走的。也许她是为了追一只蝴蝶。她是不会跑去大沼泽地的。她也不会爬上山坡，她不会在那儿。哦，我的小妹妹，这可恶的草原，哪儿都找不到你。""格蕾丝！"劳拉又大声喊。

阳光明媚的草原此时辽阔得让人感到害怕。迷路的小孩在这样广阔无垠的草原是找不到的。妈妈和爸爸的呼喊声从大沼泽地那边传来，微弱的叫声飘散在风中，湮没在一望无垠的大草原上。

劳拉喘着粗气，两肋生疼，而且胸闷气短、头昏眼花。她沿着一面低矮的山坡跑上去，四周全是平坦的草原，连一块阴影都找不到。她继续往前跑，突然草地在她面前陡然下降，她几乎从陡峭的草岸上滚下去。

谁知，格蕾丝出现在了她眼前。在那一片紫色的花海里，格蕾丝静静地坐着，金色的头发随风拂动，头发上洒满了灿烂的阳光。她抬起头望着劳拉，一双大眼睛像紫罗兰一样美。她的手里满满地抓了一大把紫罗兰，她举起花束，对劳拉说："香！香！"

劳拉立刻滑下去，把格蕾丝抱在怀里。她紧紧地抱着格蕾丝，用力地喘气。格蕾丝伸出一只手去摘更多的紫罗兰。低矮的叶片托着一朵朵怒放的紫色花朵，一<u>丛丛</u>、一簇簇紫罗兰把这一大片平整的圆形洼地变成了花的海洋。在这一片紫罗兰花海四周，草岸几乎笔直着与平坦的草原相连。在这片洼地里，紫罗兰香气氤氲，阳光和煦，头顶天空蔚蓝，绿色的草墙环伺四周，蝴蝶在簇拥的紫罗兰花丛中飞舞。

劳拉站起来，然后把格蕾丝拉起来。她接过格蕾丝递给她的紫罗兰，拉起格蕾丝的手。"来吧，格蕾丝，"她说，"我们回家吧。"

劳拉扶格蕾丝爬上草岸时，最后望了一眼这片美丽的洼地。

格蕾丝走得很慢，劳拉抱着她走了一段路，然后她让她自己走，因为格蕾丝快三岁了，有点重。然后劳拉又抱着她走。就这样抱抱走走，劳拉终于把她带回了棚屋，交给了玛丽。

然后劳拉朝大沼泽地跑去，一边跑一边叫："爸爸！妈妈！找到啦！"她不停地叫，直到爸爸听见她的呼喊，然后爸爸把在草丛里的妈妈喊出来。他们俩慢慢地从沼泽里艰难地走出来，慢慢地爬上山坡，回到棚屋。他们浑身湿漉漉的，沾满了泥浆，疲惫不堪，可是眼里却闪烁着欣喜的神情。

"你在哪里找到她的，劳拉？"妈妈一边问，一边把格蕾丝抱在怀里，瘫坐进摇椅里。

"在一个——"劳拉犹豫了一下，说，"爸爸，真的有仙女住的仙境吗？那个地方像满月一样圆，底部像平静的池水一样平坦，四周的草岸一样高。除非站在草岸上，不然根本看不见那个地方。那里很大，密密麻麻全长着紫罗兰。那样的一个地方不是天然存在的吧，爸爸，一定是被谁造出来的。"

"你已经是大姑娘了，怎么还相信童话，劳拉。"妈妈轻柔地说，"查尔斯，你可不该让她们胡思乱想。"

"可是，那里不像是——不像是一个真实的地方，真的。"劳拉反驳，"而且那里的紫罗兰香极了，不像是普通的紫罗兰。"

"这些花的确把屋子熏得香极了，"妈妈说，"但是这些只是紫罗兰，不是来自什么仙境。"

"你说的是对的，劳拉，那个地方不是人造的。"爸爸说，"但是你所说的仙女却是又大又丑的野兽，头上长角，脊背隆起。那个地方其实是野牛打滚的泥坑。你知道的，野牛和普通的牛一样，喜欢刨地，在尘土里打滚。

"这样的泥坑存在很久了。野牛群把地刨松，尘土被风吹走。然后另一群野牛过来，把地刨得更深。它们固定在同一个地方刨地、打滚，然后——"

"它们为什么去同一个地方呢，爸爸？"劳拉问。

"我不知道，"爸爸说，"大概是因为它们熟悉那里。现在野牛走了，泥坑里就长出了青草，还有紫罗兰。"

"嗯，"妈妈说，"结果好，一切就好。午餐时间早就过去了，玛丽，你和卡莉没有让饼干烤焦吧？"

"没有，妈妈。"玛丽说。卡莉给妈妈看裹在一块干净布里保温的饼干，还有煮好的土豆。劳拉说："你坐着休息吧，妈妈，我来煎咸猪肉、熬肉汁。"

除了格蕾丝，大家都不饿。他们缓缓地吃完午餐，然后爸爸去种防风林。妈妈帮着格蕾丝扶住小树苗，让爸爸把它牢牢地种在泥里。所有的树种完后，卡莉和劳拉从井里打来水，给每一棵树浇了满满一桶水。浇完树，就该做晚餐了。

"好了，"爸爸在餐桌边说，"我们终于在宅地上安家了。"

"是啊，"妈妈说，"还差一件事。哎呀，今天是怎样的一天啊！我没来得及把支架钉在墙上。"

"我来钉，卡罗琳，等我喝完茶。"爸爸说。

他从床下的工具箱里拿出锤子，把一颗钉子敲进餐桌和古董架子中间的墙上。"好了，把支架和陶瓷牧羊女拿来吧！"他说。

妈妈把支架和陶瓷牧羊女递给爸爸。爸爸把支架挂在钉子上，然后摆上陶瓷牧羊女。精致的小鞋、漂亮的紧身上衣和金色的头发和在大森林里时一样鲜艳。她穿着洁白的宽边裙子，脸颊红扑扑的，蓝色的双眸和以前一样甜美。很久以前爸爸当作圣诞礼物送给妈妈的雕花支架也完好如初，甚至比刚做好时更油光锃亮。

爸爸把步枪和猎枪挂在门上方，然后又把一个崭新的马蹄铁挂在枪上方的一个钉子上。

"嗯，"他环视虽然拥挤却温馨的屋子说，"小家容易建，这是我们住的最紧凑的时候，卡罗琳，不过这只是个开头。"妈妈笑眯眯地看着爸爸。然后爸爸对劳拉说："我要唱一首马蹄铁的歌给你听。"

劳拉为爸爸拿来了小提琴，爸爸坐在门口调音。妈妈安坐在摇椅里哄格蕾丝入睡。劳拉轻轻地洗碟子，卡莉把碟子擦干。爸爸一边拉琴一边唱：

我们在人生旅途中心满意足，

努力和所有人和谐相处。
我们远离麻烦与纷争,
朋友来访时我们喜气洋洋,
我们的家祥和又欢乐,
我们心满意足、别无他求。
我们兴盛的原因,我要讲给你听,
就是挂在门上的那块马蹄铁。

让马蹄铁一直挂在门上吧,
它会给你带来永远的好运。
如果你期待快乐和安详,
就让马蹄铁一直挂在门上吧。

"这歌听起来有些奇怪,查尔斯。"妈妈说。

"嗯,管他呢!"爸爸说,"我肯定我们在这儿能过上好日子,卡罗琳。要不了多久,我们会在这间小屋的基础上加建几个房间,也许还会有两匹马和轻便马车。我不打算开垦出太多的草地,我们要建一个菜园,种一小块农田,但是大部分地用来种干草和养牛。有大群野牛的地方一定是养牛的好地方。"

碟子洗完后,劳拉端着洗碟盆走到后门外,把水泼在草地上,让太阳第二天把水晒干。几颗星星已经出现在暗淡的天空中。远处城镇上闪烁着橘黄色的灯火,但是整片大地笼罩在暮色中。风静悄悄的,在草丛中喃喃私语。劳拉似乎知道它在呢喃些什么。只有大地、河流、天空和风亘古不变,孤寂而狂野地存在于天地间。

"野牛走了,"劳拉心想,"我们却来了。"

蚊子

"一定要给马儿搭个马厩。"爸爸说,"屋外不会一直温暖如春,夏天也许还会刮暴风雨。它们一定得有个安身的地方。"

"艾伦呢,爸爸?"劳拉问。

"牛在夏天最好待在室外,"爸爸回答,"但是马最好晚上住在马厩里。"

爸爸搭马厩时,劳拉帮爸爸扶住木板,递给他工具和钉子。马厩搭在了棚屋西边的小山坡上,西边、北边的山坡正好能挡住冬天的寒风。

天越来越暖和。日落时,成群的蚊子从大沼泽地里飞出来。天一黑,它们就嗡嗡嗡地叫着,围在艾伦身边,咬它的皮肤,吸它的血,逼得它绕着拴马索转圈乱跑。蚊子飞进马厩里,对马狂咬一通。马儿被惹得昂起头牵扯缰绳,甚至跺起了脚。蚊子也飞进棚屋里,把每个人咬得脸上、手上到处是又红又肿的大疙瘩。

蚊子扰人的叫声和叮咬后留下的又痒又疼的肿块让夜晚变得难以忍受。

"这可不行,"爸爸说,"一定要装上纱窗、纱门。"

"这要怪大沼泽地,"妈妈说,"蚊子是从那里出来的。真希望我们能离沼泽远些。"

但是爸爸喜欢大沼泽地。"那里有连绵几英亩的干草,谁想割

就可以去割。"他对妈妈说,"再说大沼泽地附近已经没有宅地了,我们宅地上的干草有限,但我们离大沼泽地这么近,可以经常去割草,想割多少就有多少。"

"而且草原上的草丛里也都是蚊子。我今天就去镇上,买一些纱网回来。"

爸爸从镇上买回来几码粉红色的纱网,还有几块木条做纱门的门框。

爸爸做纱门时,妈妈就在窗户上钉纱网,然后又钉到纱门门框上,最后爸爸把纱门挂在门上。

那天晚上,爸爸用一堆潮湿的枯草点起了浓烟,浓烟飘荡在马厩的门口,把蚊子挡在门外。

爸爸在艾伦身旁点起另一堆烟,艾伦乖乖地站到浓烟里,待着不动。

爸爸仔细检查了一下,确保烟堆周围没有干草,这样烟堆就可以焚烧一整夜。

"好了!"他说,"这下子蚊子应该被困住了吧!"

暮色降临

门前的浓烟挡住了嗡嗡作响的蚊子,山姆和大卫安静地站在马厩里休息。拴在拴马索上的艾伦舒服地趴在浓烟里。没有蚊子再敢骚扰它们了。

蚊子没法从纱窗、纱门里钻进来,所以棚屋里再也听不到它们扰人的叫声了。

"现在我们终于舒舒服服地在我们的宅地上住下来了。"爸爸说,"把小提琴拿来,劳拉,我们来点音乐!"

格蕾丝在卡莉的陪伴下舒服地躺在了床上。

妈妈和玛丽坐在摇椅里轻轻地摇。月光从南边的窗户照进来，洒在爸爸的脸上、手上和小提琴上。此时，琴弓轻柔地滑过琴弦。

劳拉坐在玛丽身边，望着明亮的月光，想起了那片紫罗兰盛开的仙境。那片仙境现在一定也沐浴在皎洁的月光下。这样美好的夜晚，仙女们一定在那里翩翩起舞。

爸爸伴着琴声，唱了起来：

我出生在斯嘉丽小镇，
那里住着一位美丽的少女，
年轻人见到她都会哇哇叫，
她的名字叫芭芭拉·爱伦。

在欢乐的五月，
当绿芽冒出来的时候，
年轻的约翰·古夫在他的床上逝去，
为了他心爱的芭芭拉·爱伦。

劳拉拉起帘子，和玛丽一起钻到小床上，挨着卡莉和格蕾丝躺了下来。

她快要进入梦乡时，还在想着那片紫罗兰花海仙境，想着月光照在这片辽阔的土地上，照在他们的宅地上。爸爸在琴声中轻轻唱：

我的家！我的家！甜蜜的家，
无论它多么简陋，
都是我魂牵梦绕的地方。

国际大奖儿童小说系列

1. 兔子山
2. 胡桃木小姐
3. 信鸽花脖子
4. 居里夫人的故事
5. 本和我：本杰明·富兰克林的传奇一生
6. 牧牛马斯摩奇
7. 杜利特医生奇航记
8. 一岁的小鹿
9. 城堡镇的蓝猫
10. 耳朵，眼睛和手臂
11. 卡利柯灌木丛
12. 黑暗护卫舰
13. 扬子江上游的小傅
14. 美丽的乔
15. 纳尼亚传奇
16. 梅溪岸边
17. 银湖岸边
18. 漫长的冬季
19. 草原上的小镇
20. 快乐的金色时代